EIN VAMPIR FÜR ALLE GELEGENHEITEN

AGENTUR FÜR PARANORMALE ZEITARBEIT
BAND 3

MOLLY FITZ

KATZENGEHEIMNISSE

Katzengeheimnisse

PO Box 873543

Wasilla, AK 99687

ÜBER DIESES BUCH

In der Agentur für Paranormale Zeitarbeit geht irgendetwas Merkwürdiges vor sich, und ich will herausfinden, was los ist. Bisher musste mein fellnasiger Vorgesetzter, ein schwarzer Kater namens Mr Fluffikins, mich regelrecht zur Erledigung meiner Aufgaben zwingen, aber diesmal bin ich mit Feuer und Flamme dabei. Ich will endlich wissen, warum das Gremium ausgerechnet mich aus meinem banalen Alltag gerissen und in diese aufregende, neue Welt voller Magie und Gefahren geworfen hat.

Aber das wird kein leichtes Unterfangen werden. Vor allem, da die APZ mir aufgetragen hat, gemeinsam mit Connie, dem ortsansässigen

Vampir, einen neuen Hexenzirkel in unserem verschlafenen Nest Beech Grove zu untersuchen. Für diese Ermittlung erhalte ich sogar einen vorübergehenden Vampirstatus ... einschließlich sämtlicher Vorzüge und Nachteile.

Tja, der Knackpunkt an der Sache ist allerdings, dass ich für immer ein Dasein als Untote fristen muss, wenn wir den Fall nicht schnellstens lösen ...

Wie immer ein Kinderspiel für einen Aushilfsvampir wie mich!

ANMERKUNG DER AUTORIN

Hallo. Danke, dass du dieses Buch gekauft hast. Wenn du ebenfalls ein großer Fan von spannenden, schrägen Tierkrimis bist, sollten wir unbedingt Freunde werden.

Wie wäre es, wenn du direkt einmal meine Facebook-Seite besuchst, die ich speziell für meine treuen deutschen Leser eingerichtet habe? Hier der Link dazu: **Facebook.com/Katzengeheimnisse**

Oder melde dich für meinen Newsletter an und sichere dir als Abonnent gratis ein digitales Geschenkpaket, einschließlich einer exklusiven Kurzgeschichte über Octocat: **Katzengeheimnisse.com/Abonnieren**

Ich bin sicher, wir werden eine Menge Spaß miteinander haben. Also schnell umblättern ...

Wir sehen uns dann auf der nächsten Seite.

MOLLY

1

Ich heiße Tawny Bigford und dachte lange, das Interessanteste an mir sei, dass ich nebenbei Liebesromane schreibe, um meinen bescheidenen Lebensunterhalt aufzubessern ... Aber dann traf ich einen kleinen, schwarzen Kater, der alles veränderte.

Sein Name? Mr Fluffikins.

Seine Funktion? Leitender Vorsitzender der örtlichen APZ. Das steht für „Agentur für paranormale Zeitarbeit".

Obwohl Fluffikins und ich uns gerade erst kennengelernt haben und ich nie um einen Job gebeten habe, hat er mich als Aushilfe eingestellt und mich quasi gezwungen, in der letzten Woche zwei Fälle zu übernehmen. Der erste war der Mord an meiner ehemaligen Vermieterin. Bei dem zweiten ging es um eine Reihe von Entführungen, die uns bis auf eine Insel vor dem kühlen und landschaftlich reizvollen Maine führten.

Dabei wäre ich mindestens einmal fast gestorben – wahrscheinlich sogar noch öfter –, was es vielleicht seltsam erscheinen lässt, dass ich bereit und begierig darauf bin, einen weiteren Auftrag anzunehmen.

Lassen Sie mich hier für einen Moment innehalten und einiges erklären, damit Sie meine Entscheidungen besser verstehen.

Das Erste, was Sie wissen müssen, ist, dass Magie real ist. Ernsthaft!

Sie wird uns allen in die Wiege gelegt, aber die meisten verlieren sie im Laufe der Zeit. Bei meinem ersten Fall bekam ich einen kurzen Vorgeschmack auf diese besonderen Art von Macht, und seitdem habe ich mich nach mehr davon gesehnt.

Aber obwohl ich über Magie Bescheid weiß, gehöre ich nicht zur Gemeinschaft. Ich bin eine Außenseiterin, jemand, den die anderen spöttisch eine „Normalo" nennen. Echte magische Menschen werden einfach als „Magicks" bezeichnet. Und die bereits erwähnte APZ ist ein spezielles Gremium, das ihre Interessen in unserer schönen Region

Peach Plains in Georgia vertritt. Es ist nur eines von vielen solcher Gremien, die überall auf der Welt eingerichtet wurden.

Der Vorstand besteht aus sieben permanenten Mitgliedern. Jeder, den sie zusätzlich und kurzzeitig zum Arbeiten brauchen, wird als Aushilfe eingestellt.

Wie eben ich.

Normalerweise wird das Gedächtnis von Aushilfskräften gelöscht, sobald sie ihren Zweck erfüllt haben, aber ich kann mich merkwürdigerweise noch an alles erinnern.

Der Oberboss ist der bürokratisch angehauchte schwarze Kater, Fluffikins. Ihm zur Seite steht der Stadthexer, eine Rolle, die derzeit von meinem scharfen Nachbarn Parker Barnes verkörpert wird. Ich vermute mal, wir sind irgendwie zusammen, andererseits haben wir uns seit dem ersten Mal vor fast einer Woche nicht mehr geküsst, also wer weiß schon, was Sache ist ...

Wie auch immer, neben Parker und Fluffikins gibt es noch die fünf Verbindungsleute des Vorstands. Greta ist ein waschechter Engel, der die Schulen beaufsichtigt. Connie, die launenhafte Vampirin, kümmert sich um den Handel. Dann wären da noch Buckley, zuständig für die Landwirtschaft und ein alter Kerl im Anzug für die Friedhöfe. Über diese beiden weiß ich so gut wie gar nichts.

Wir sollten eigentlich auch einen Verbindungsmann für die Polizei haben, aber diese Position wurde kürzlich aufgrund einer unglücklichen Verkettung von Umständen, die hier zu erklären viel zu lange dauern würde, ersatzlos gestrichen.

Also haben wir stattdessen jetzt eine Praktikantin, die sich als provisorische Verbindungsperson bewirbt. Wenn sie sich denn als würdig erweist. Ich habe keine großen Hoffnungen, wenn man bedenkt, dass sie versuchte, mich zu töten – und es fast geschafft hätte.

Ja, ich bin wirklich kein Fan dieser Person, und das Gefühl beruht definitiv auf Gegenseitigkeit.

Wenn Sie mich vor einer Woche gefragt hätten, hätte ich Ihnen gesagt, dass ich die APZ hasse und nichts damit zu tun haben will. Seit unserem letzten großen Fall jedoch habe ich meine Meinung grundlegend geändert.

Es gibt etwas, das die anderen vor mir verheimlichen, etwas Wichtiges, etwas über mich. Und ich werde nicht ruhen, bis ich ein paar Antworten bekommen habe.

Das letzte Mal haben sie mich gegen meinen

Willen in die örtliche APZ-Hauptverwaltung geschleppt. Dieses Mal werde ich aus freien Stücken vor ihrer Tür auftauchen und ihre Aufmerksamkeit einfordern.

Unsere ersten beiden Abenteuer haben mich auch etwas viel Alltäglicheres gelehrt. Nämlich, dass es schwer ist, in dieser Welt ohne Auto zu überleben. So viel zur Minderung meines ökologischen Fußabdrucks, denn ich habe doch glatt meinen letzten Tantiemen-Scheck dazu verwendet, um eine zehn Jahre alte Limousine zu kaufen, die mich von A nach B bringt.

Die letzten beiden Male, als ich das Hauptquartier der APZ besuchte, hatte mich Mr Fluffikins mit seiner Magie dorthin geflogen, aber dieses Mal wollte ich für meinen eigenen Transport verantwortlich sein.

Kaum hatte ich meine Einfahrt verlassen, war ich auch schon am Ziel, da der alte Bürokomplex, in dem die Organisation untergebracht ist, nur ein paar Meilen hinter dem Stadtzentrum von Beech Grove lag.

Die Fenster waren abgedunkelt, aber ich wusste, das war nur ein Trick war, um Unbefugte fernzuhalten. Und Magie hin oder her, ich war jetzt ein Teil hiervon. Zumindest redete ich mir das ein, als ich mein sorgfältig vorbereitetes Paket nahm und zur Eingangstür marschierte.

Sie war verschlossen, also klopfte ich.

Als niemand antwortete, schnappte ich mir einen Stein und feuerte ihn durch die Glastür. Winzige Scherben rieselten herab, aber das war mir egal. Ich brauchte einen Weg hinein, und es ist ja nicht so, dass sie mein kleines Missgeschick nicht mit ein bisschen Magie am rechten Fleck beheben könnten.

Was ich zu sagen hatte, war einfach zu wichtig, um zu warten. Hoffentlich konnte ich jemanden finden, der bereit war, nicht nur zuzuhören, sondern auch zu reden.

Bis zu diesem Punkt war ich in ihrem Schachspiel der Bauer gewesen, aber jetzt war ich bereit, eine stärkere Position einzunehmen …

Nennen Sie mich einfach Tawny, der Läufer.

2

Keiner kam angerannt, um mein gewaltsames Eindringen zu untersuchen, obwohl ich ein paar lange, mir doch etwas unangenehme Momente an der Tür wartete.

Hm. Damit hätte ich jetzt nicht gerechnet.

Ich schüttelte den Kopf, holte tief Luft und marschierte in das dunkle Gebäude hinein. Zuerst schaute ich im gläsernen Konferenzraum nach, wo die verschiedenen Vorstandsmitglieder zusammenkamen, um wichtige Angelegenheiten zu besprechen. Es war niemand da, also ließ ich den Korb, den ich für meinen Besuch vorbereitet hatte, am Rand des Tisches stehen und ging weiter, um den Rest des Gebäudes zu durchsuchen.

Als ich an Connies Bürotür vorbeikam, konnte ich das Frösteln, der mir über den Rücken lief, nicht unterdrücken. Selbst wenn sie da war, wollte ich die vampirische Leiterin der Handelsabteilung nicht stören. Sicher, sie hatte beteuert, sie hätte nicht vor, mich auszusaugen, aber ich sollte besser kein Risiko eingehen.

Ich eilte den langen Flur hinunter, bis ich endlich zu dem leeren, lagerhallenähnlichen Raum kam, in den mich Mr Fluffikins jeweils zu Beginn meiner letzten beiden Einsätze gebracht hatte. Das war derselbe Ort, an dem er tödliche Magie nach mir geworfen hatte, um meine Instinkte zu testen, als ich vorübergehend zur Stadthexe ernannt worden war. Es war auch der Ort, an dem er mir die spezielle Silberbrosche anvertraute, die mir bei meinem ersten Auftrag Zauberkraft verlieh und bei meinem zweiten als Überwachungsgerät diente.

„Hallo?", rief ich zögerlich, bevor ich mich in den Raum schlich.

Nur ein schwaches Echo meiner eigenen Stimme antwortete, also wagte ich mich tiefer hinein.

Jedes Mal, wenn wir diesen Ort zuvor betreten hatten, hatte mich Fluffikins in die Mitte des Raumes gebracht, und letztes Mal war er dann an die Decke gesprungen, um die Brosche zu holen. Könnte es dort oben noch weitere magische Leckerbissen geben?

Ich beschloss, es herauszufinden.

Bevor Sie jetzt wütend auf mich werden, weil ich ungebeten herumschnüffle, möchte ich Sie daran erinnern, dass dies dieselbe Agentur war, die schon zweimal zuvor mit meiner Sicherheit gespielt hatte. Sie hatten mich hinzugezogen, um ihnen bei ihrem übernatürlichen Kuddelmuddel zu helfen, und jetzt wollte ich herausfinden, warum dem so war.

Sicher, das erste Mal, als sie mich herbrachten, war es, weil ich mitten in einen Tatort hineingestolpert war. Da machte es Sinn, dass sie mich so lange im Auge behielten, bis die Dinge geklärt waren.

Aber das zweite Mal, als sie mir einen Job aufzwangen? Da gab es keinen ersichtlichen Grund, warum sie gerade mich brauchten. Anfangs jedenfalls nicht. Dann jedoch ließ Mr Fluffikins versehentlich ein paar Andeutungen fallen, dass ich etwas Besonderes an mir haben könnte, etwas, das er und die anderen mir bisher nicht mitgeteilt hatten.

Zum einen konnte der Boss den einen Zauber, den ich während meiner Zeit als Stadthexe versehentlich ausgesprochen hatte, nicht rückgängig machen. Er hatte versucht, meinem pinkfarbenen Haar wieder seine natürliche Farbe zurückzugeben, aber es gelang ihm nicht. Dann, nachdem wir uns ins Nirgendwo von Maine befördert hatten, wollte er mir gerade etwas sagen, als die Ermittlungen mit voller Wucht auf uns einstürzten.

Ich hatte das alles gelassen hingenommen und mich auf den Auftrag konzentriert, in dem Glauben, dass mir jemand sicher alles erklären würde, sobald wir den Tag gerettet und alle sicher nach Hause gebracht hatten.

Das war jedoch nicht der Fall gewesen.

Zwischen meinem ersten Auftrag und dem zweiten lagen nicht einmal volle drei Tage. Doch nun war seit Job Nummer zwei fast eine Woche vergangen, und niemand hatte sich die Mühe gemacht, sich bei mir zu melden. Nicht einmal Parker, der nur wenige Meter von mir entfernt wohnte und ständig unangemeldet zu Besuch kam.

Was also verheimlichten sie alle vor mir? Und was vielleicht noch wichtiger ist: Warum verheimlichten sie das überhaupt?

Ich suchte das Lagerhaus nach einem Gegenstand ab, der stark genug war, um mich zu tragen, gleichzeitig aber auch leicht genug, dass ich ihn allein bewegen konnte. *Fehlanzeige.*

Da ich mich von so was nicht abschrecken ließ, ging ich zurück in den Sitzungssaal und schnappte mir einen Stuhl. Diese Lösung würde es mir zwar nicht erlauben, mit eigenen Augen in den Deckenraum zu schauen, aber wenn ich die Arme hoch genug nach oben ausstreckte, sollte es mir möglich sein, den Bereich mit Hilfe der Kamera und der Taschenlampe meines Telefons abzutasten und somit immer noch einen Blick zu erhaschen.

Zufrieden mit diesem Plan, bugsierte ich den fahrbaren Chefsessel unter die fehlende Deckenplatte in der Mitte des Lagers und kletterte hinauf, vorsichtig darauf bedacht, dass er nicht davonrollte. Wahrscheinlich hätte ich selbst einen Blick in den Raum über mir werfen können, wenn ich mich auf die Zehenspitzen gestellt hätte, aber ich traute meiner Koordination nicht genug, um dieses Kunststück zu wagen –, vor allem, da niemand in der Nähe war, der mir helfen konnte, falls ich stürzen und mir eine Gehirnerschütterung zuziehen sollte.

Also startete ich die Aufnahme, hob den Arm mit dem Telefon nach oben und streckte den anderen seitlich aus, um das Gleichgewicht zu halten.

Vorsichtig drehte ich mein Handgelenk, um sicherzustellen, dass ich so viel wie möglich von dem Bereich scannen konnte, ohne den Stuhl und mich selbst in die andere Richtung drehen zu müssen. Dann brachte ich das Smartphone wieder runter auf Augenhöhe und begann, das Material zu studieren.

Nach etwa zehn Sekunden stach mir etwas ins Auge, das silbern glänzte. *Meine Brosche!*

Bevor ich das Video zu Ende sehen konnte, krachte etwas Schweres von oben herab und stieß mich vom Stuhl auf den kalten, harten Beton.

Autsch ...

3

„**E**indringling!", zischte Fluffikins und starrte mich vom Stuhl herab aus seinen goldenen Augen vorwurfsvoll an.

„Tut mir leid", stöhnte ich, während ich versuchte, mich aufzusetzen. Alles tat aber so weh, dass ich am Ende einfach, alle viere von mir gestreckt, auf dem Boden liegen blieb. „In der letzten Woche hat sich niemand bei mir wegen meines nächsten Auftrags gemeldet. Und dann ging keiner an die Tür, also habe ich …"

Mit einem leisen Knurren verlagerte der Kater sein Gewicht. „Dachtest du also, du könntest bei uns einbrechen?"

„N-n-nein", stotterte ich. „Ich habe nur

versucht, ein paar Antworten zu finden, ich schwör's!"

Mr Fluffikins rümpfte die Nase und stieß ein entrüstetes Schnauben aus. „Du warst nur eine Aushilfe, Tawny. *Warst.* Jetzt ist es Zeit, das hier loszulassen."

„Ich weiß aber, dass ich anders bin." Ich wollte ernst klingen, wissend und sogar ein wenig einschüchternd. Stattdessen kamen meine Worte als ein gequältes Keuchen heraus.

„Ich weiß aber, dass ich anders bin", wiederholte ich und klang beim zweiten Mal ein wenig nachdrücklicher. „Und ich weiß, dass dir das ebenfalls bewusst ist."

Der schwarze Kater zuckte zusammen, zeigte aber sonst keinerlei Anzeichen, dass meine Worte Wirkung gehabt hätten. „Es ist mir egal, was du zu wissen glaubst. Du warst nicht eingeladen und solltest nicht hier sein."

„Oh, ich verstehe", sagte ich und schaffte es schließlich, mich mit einem Ächzen auf die Seite zu rollen. „Du willst mich nur dabeihaben, wenn es dir nützt."

Er kicherte trocken. „Du weißt wirklich nicht viel darüber, wie das hier funktioniert, nicht wahr? Oder über Katzen im Generellen."

„Wie auch immer", keifte ich zurück. „Du hast mein Leben zweimal aufs Spiel gesetzt und mich nicht einmal dafür bezahlt. Das Mindeste, was du tun könnest, ist, mich darüber aufzuklären, wer ich bin."

Sein Schwanz fegte irritiert hin und her. „Wenn du denkst, du kannst mich dazu bringen, etwas zu sagen, was ich nicht sagen will, dann liegst du falsch."

Offensichtlich konnte ich nicht an das Mitleid des Chefkaters appellieren, also musste ich den letzten Trick anwenden, den ich noch in Petto hatte. „Ich habe Steak mitgebracht", verriet ich mit einem verschwörerischen Grinsen.

Fluffikins streckte die Nase in der Luft und schnupperte. „Was sagst du da? Steak?"

„Jap, und es ist auch kein Rumpsteak. Ich habe das gute Zeug besorgt." Ich hielt inne, um die Vorfreude zu steigern. „Was hältst du von Filet Mignon?"

Der schwarze Kater drehte sich aufgeregt im Kreis, bevor er auf den Boden sprang und sich neben mich stellte. „Wo ist dieses Steak, und warum habe ich es noch nicht in meinem Bauch?"

Überlassen Sie es einer gut platzierten Bestechung, das zu erreichen, was mit Freundlichkeit allein nie zu schaffen wäre. Innerlich stieß ich einen riesigen Seufzer der Erleichterung aus, äußerlich jedoch wahrte ich mein Pokerface.

„Ich hole es dir", bot ich an, „wenn du dich bereit erklärst, mir zu sagen, was ich wissen will."

„Oder ich könnte dich verprügeln und es mir selbst holen." Fluffikins grinste mich an, während er seine Optionen abwog. „Wenn ich es mir recht überlege ... du liegst du ja schon auf dem Boden. Ich muss das köstliche Steak nur noch finden." Er schnupperte wieder, die Schnurrhaare zuckten, während er zum Ende des Raumes trottete.

„Warte", rief ich, bevor er mich hier allein zurückließ. „Es wird nicht so gut schmecken, wenn du es dir nicht rechtmäßig verdient hast."

Dem Kater fiel die Kinnlade runter. „Echt?"

Ich hob eine Augenbraue. „Willst du das wirklich riskieren?"

Mr Fluffikins stieß einen gewaltigen Seufzer aus und winkte mir dann mit der Pfote zu. Sofort verschwand der Schmerz von meinem Sturz genauso vollständig, als wäre er nie da gewesen.

Ich stützte mich am Boden ab, hievte ich mich auf die Füße und deutete der Chefkatze an, mir zurück in den Konferenzraum zu folgen, wo ich mein sorgfältig vorbereitetes Paket abgestellt hatte.

Darin befanden sich sieben Tupperware-Behälter, gefüllt mit frisch gebratenem Filet Mignon. Ja, ich war bestens vorbereitet, nur für den Fall, dass ich den gesamten Vorstand in einer Sitzung antraf und sie alle bestechen musste. Natürlich hatte ich keine Ahnung, was Connie so aß, da sie ja ein Vampir war. Auch über Melony hatte ich mir keine großartigen Gedanken gemacht, da sie ebenfalls kaum mehr als eine Aushilfe war.

Da ich nur Fluffikins zu beschwichtigen hatte, war das zwar pro Kopf ein sehr hohes Schmiergeld, aber ich wollte kein Risiko eingehen bei Informationen, die sehr wohl über Leben und Tod entscheiden konnten. Warum würde er sich sonst so viel Mühe geben, das geheim zu halten?

„Erst Antworten, dann Steak", sagte ich zu dem Kater, der praktisch schon sabberte, während er mir gegenüber auf dem Konferenztisch saß.

„Steak, dann Antworten", konterte er, seine Stimme noch undeutlicher als sonst, während er sich mit großen Augen auf die Beute konzentrierte.

Nun, ich schätze, in der Not frisst der Teufel Fliegen. Und in diesem Fall war ich definitiv der Teufel. Ich seufzte. „Versprichst du es?"

„Ja, ja, und mein Versprechen ist magisch gebunden. Jetzt mal her mit dem guten Zeug."

Ich nickte, öffnete den ersten Behälter mit dem Steak und schob es zu ihm rüber. Zum Glück hatte ich das Stück schon vorgeschnitten, sonst hätte es noch viel länger gedauert, ihm dabei zuzusehen, wie er sich diesen halb durchgegarten Einschnitt in meinen letzten Gehaltsscheck reinzog.

Als Mr Fluffikins fertig war, leckte er sich über die Lefzen und senkte zufrieden die Augenlider.

„Und?", sagte ich, als er keine Anstalten machte, seinen Teil der Abmachung einzuhalten. „Jetzt bist du an der Reihe, deinen Teil der Abmachung zu erfüllen. Sag mir, inwiefern ich anders bin."

„Ah ja. Das", sagte die Katze mit einem Augenzwinkern. „Ich habe versprochen, dir nach dem Steak Antworten zu geben, habe aber nicht gesagt, wie schnell ich sie liefern werde. Du wirst dich wohl oder übel gedulden müssen." Er hüpfte vom Tisch und trottete den Flur entlang, wobei er den ganzen Weg lang hämisch lachte.

4

ch stürmte den Flur hinunter und verfolgte diesen nichtsnutzigen Trickbetrüger. Sobald ich ihn gefangen hatte, würde ich ihn festhalten und zwingen, einen Vertrag zu unterschreiben. Wenn es sein musste, würde ich den Rest des Steaks, das ich vorbereitet hatte, als Druckmittel benutzen. Ich hoffte, es würde funktionieren, denn das war der einzige Schachzug, den ich noch machen konnte.

Nun, da ich wusste, dass es etwas Besonderes an mir gab, wie konnte ich da den Rest meines Lebens verbringen, ohne herauszufinden, was es war?

In der verlassenen Eingangshalle des Gebäudes ein holte ich Fluffikins ein. Er hörte auf zu rennen und blieb vor der zerbrochenen Glastür stehen. Ich erwartete, dass er mich wegen der Zerstörung von APZ-Eigentum anschreien würde, aber er schwenkte lediglich seine Pfote und heilte das Glas, als wäre es nie zerbrochen worden.

Einen Moment später öffnete sich die Tür, und herein kam Connie – das Vorstandsmitglied, das ich am meisten fürchtete. Heute trug sie ein rotes Hemd aus Knautschsamt, einen teuer aussehenden Bleistiftrock und hochhackige Designerschuhe. Ihre Lippen wirkten im Vergleich zu ihren dunklen, rauchigen Augen unglaublich blass.

„Was macht sie da?", fragte die pummelige Vampirin mit steinerner Miene. „Ich dachte, wir hätten uns entschieden, nicht mit ihr weiterzumachen."

Fluffikins stieß ein leises, wütendes Grummeln aus, fast so, als ob er Anstoß daran nähme, wie seine Kollegin über mich sprach. *Fast.* „Connie, du vergisst deinen Schwur. Es ist verboten, Vorstandsangelegenheiten im Beisein von Außenstehenden zu besprechen."

„Ich habe meinen nicht vergessen", antwortete sie spöttisch, „sondern erinnere dich lediglich an deinen. Wir haben bereits gegen das Protokoll verstoßen, als wir sie in zwei verschiedene Aufträge einbezogen. Also, warum ist sie noch einmal hier? Warum wurde ihre Erinnerung an uns nicht gelöscht?"

Die beiden übernatürlichen Wesen starrten einander wütend an, aber keiner rührte sich vom Fleck.

Vielleicht, wenn ich meinen Fall noch einmal schilderte, wäre Connie möglicherweise eher bereit, mir zu helfen, als ihr Chef es gewesen war. „Ich weiß, ich bin anders. Kein Normalo, meine ich. Und ich will wissen, warum. Der Kater und ich haben einen Deal geschlossen, aber es sieht nicht so aus, als würde er seinen Teil einhalten."

Connies Augen verengten sich, und sie warf einen bösen Blick in Mr. Fluffikins Richtung. „Du hast dich auf einen Deal mit ihr eingelassen?"

Er zuckte mit seinen schmalen Katzenschultern. „Die Bedingungen waren nicht eindeutig."

„Trotzdem, ein Pakt mit einer Normalo ... Du weißt, dass das bindend ist."

„Sie ist keine ..." Er hielt sich davon ab weiterzureden, indem er fauchte und eine Reihe von Katzenflüchen ausstieß.

„Ich will jetzt wissen, was ihr wisst", sagte ich

und verströmte Entschlossenheit. Ich stemmte sogar eine Hand in die Hüfte, in der Hoffnung, dass mich das mutiger oder energischer aussehen ließ. Irgendwie.

„Wenn du ihr nicht sofort die Erinnerung nimmst, werde ich es tun", presste Connie zwischen zusammengebissenem Zähnen hervor. Sie sah aus, als würde sie gleich ausrasten, und ich wollte eigentlich nicht dabei sein, wenn das passierte. Trotzdem …

„Aber er hat es mir versprochen!", rief ich und machte einen Riesenschritt zurück, als ob das etwas nützen würde.

„Du hast Glück, dass ich kein Verlangen danach habe, den Vorstand zu leiten, sonst wärst du jetzt arbeitslos", knurrte die Vampirin und zog die Oberlippe hoch, um ihre bedrohlichen Reißzähne zu zeigen.

„Sagt es mir, und zwar auf der Stelle", forderte ich und stampfte mit dem Fuß auf.

„Lass uns eine Klausel zu unserer Vereinbarung hinzufügen", rief Fluffikins, dessen Wille offenbar endlich bezwungen worden war – oder zumindest nahm ich das so an. „Steak gegen Antworten. Wie du bereits gesagt hattest."

„Jetzt?" Es fiel mir schwer, ihm zu vertrauen, nach seiner letzten List.

Er schüttelte den Kopf. „Nach einem weiteren Job. Mit Connie." Er wandte sich an den vampirischen Leiter der Handelsabteilung. „Ich habe deine Anfrage nach einer Aushilfe, die den neuen Hexenzirkel in der Stadt auskundschaften soll, erhalten. Tawny wird dir auf jede nur erdenkliche Weise unterstützen."

„Inakzeptabel." Connies Blick wurde noch eisiger, als sie uns beide betrachtete.

„Eigentlich", korrigierte Mr Fluffikins, „ist das sogar absolut akzeptabel, da ich hier das Sagen habe. Du brauchst eine Aushilfe, und diese hier ist bereit, den Job zu übernehmen. Stimmt's, Tawny?"

„Wenn ich es mache, erzählst du mir dann alles?", fragte ich, zog misstrauisch eine Augenbraue hoch und verschränkte die Arme vor der Brust wie eine Art Schutzschild.

Er nickte und blickte Connie statt meiner an. „Nachdem du die Arbeit zur Zufriedenheit des Vorstands erledigt hast, werde ich dir sagen, was du wissen willst."

Auf keinen Fall wollte ich mich erneut von ihm austricksen lassen. „Definiere *zur Zufriedenheit des Vorstands.*"

Der Kater sah mich aus schmalen Augen an. „Bis sich der Hexenzirkel entweder Connies Führung unterwirft oder die Stadt verlässt", antwortete er mit einem leichten Kopfschütteln.

„Abgemacht", erwiderte ich mit einem knappen Nicken, um meine Zustimmung zu signalisieren.

Diese heulte auf und warf die Hände in die Luft. „Das ist nicht das, was ich wollte, als ich den Antrag gestellt habe, und das weißt du. Ich verstehe deinen Wunsch, die Normalo zu bestrafen, aber warum ich? Ich war nichts als ..."

Fluffikins stieß sich mit den Hinterfüßen vom Boden ab, schwebte dann auf einem rosa glitzernden Wirbel durch die Luft in Connies Richtung und drohte: „Es ist mir egal, was du willst. Ich treffe hier die Entscheidungen, und das ist es, was du bekommst. Wie du weißt, kann ich eine einmal getroffene Abmachung mit einem Normalo nicht mehr rückgängig machen. Du wirst Tawnys Hilfe akzeptieren, oder du wirst deinen Platz hier am Tisch verlieren. Habe ich mich klar ausgedrückt?"

Obwohl der Bosskater nicht mit mir sprach, nickte ich energisch mit dem Kopf. Connie machte mir Angst, aber ich konnte alles für eine gewisse Zeit aushalten – und länger würde dieser Job nicht dauern. Meine letzten beiden Einsätze waren jeweils nach ein paar Tagen vorbei gewesen. Es war anzunehmen, dass es bei diesem nicht anders sein würde. Sonst würde ich vielleicht schreiend wegrennen, lange bevor ich die Antworten bekam, nach denen es mich verlangte.

Sei tapfer, Tawny. Sei tapfer.

5

„Nicht so schnell, Fluffikins", zischte Connie. „Ich weiß, du denkst, dein Wort wäre Gesetz, aber ich weigere mich, mit jemandem zusammenzuarbeiten, den ich nicht mag, nur weil du deinen Magen statt deines Hirns für diese Entscheidung benutzt hast."

„Ich habe unser Versprechen bereits gegeben. Es ist vollbracht", sagte er, bevor er zurück auf den Boden schwebte und mit einem dumpfen Aufprall landete.

„Ich habe dieser Sterblichen gegenüber keine derartigen Versprechungen gemacht, also werde ich diejenige sein, die ihre Erinnerung löscht und uns alle von der Last ihrer Gesellschaft befreit." Connie packte meinen Kopf und zog ihn zu sich heran. Der Rest von mir folgte.

„Bitte nicht", keuchte ich. All meine Versuche, mich aus ihrem Griff zu befreien, schlugen fehl. Gegen die übermenschlichen Kräfte der Vampirin hatte ich keine Chance.

„Sieh mich an", knurrte sie.

Und so sehr ich es auch nicht wollte, ich konnte der Aufforderung nicht widerstehen. Meine Augen hoben sich und trafen Connies, die mich in ihren Bann zogen. Sie leuchteten in einem hellen und heißen Pink, was normalerweise eine sehr schöne Farbe war, aber im Blick des Blutsaugers ließ sie mich vor Angst erstarren.

Buchstäblich.

Ich konnte mich nicht bewegen. Konnte nicht blinzeln. Konnte kaum noch denken.

Ich konnte nur zusehen, wie sie einen Finger an jede meiner Schläfen legte, ihre manikürten Nägel fest in meine Haut grub und Worte in einer Sprache murmelte, die ich nicht verstand.

Und dann, genauso schnell, wie sie mich gepackt hatte, ließ sie los, und ich fiel zu Boden. Gott sei Dank hatte Fluffikins die Glasscherben schon beseitigt, sonst wäre ich geliefert gewesen.

„Bitte", murmelte ich, schwach, müde und

wütend. „Ich will doch nur die Wahrheit darüber wissen, wer ich bin."

Connie keuchte auf und sah aus, als ob sie selbst kurz vor einer Ohnmacht stünde. „Sie erinnert sich? Wie ist das möglich?"

Fluffikins sprang auf einen leeren Schreibtisch. „Ich habe ihren Geist schon einmal gelöscht. Barnes hat ihn danach wiederhergestellt."

„Aber meine Magie ist stärker als seine!" schrie sie und stampfte mit dem Fuß auf. „Was ist los? Warum funktioniert es bei ihr nicht?"

„Das würde ich auch gerne wissen", fügte ich hinzu, während ich mich langsam erhob. „Das ist das dritte Mal, dass so etwas passiert ist, und ich möchte einfach den Grund dafür erfahren."

Es war Fluffikins, der als nächstes das Wort ergriff. „Unser Vertrag ist geschlossen. Zuerst kümmert ihr euch um den neuen Hexenzirkel, dann werde ich euch beiden erzählen, was ich über unsere liebe Tawny herausgefunden habe."

Connie verschränkte die Arme vor der Brust und wandte ihr Gesicht von uns beiden ab. „Ich werde einen Aufruf für deine Ablösung starten", drohte sie dem kleinen schwarzen Kater.

„Und der wird scheitern. So wie er schon mal

gescheitert ist", antwortete der ohne die geringste Regung.

Sie schnaufte und zog verzweifelt an ihren Haaren, was dem Chefkater zu gefallen schien. „Ich werde in meinem Büro warten, während sie sich einarbeitet", sagte sie, bevor sie den Flur hinunterstürmte.

„Nun, Tawny ..." Fluffikins sah mit seinen leuchtenden, goldenen Augen zu mir auf. „Bist du bereit, ein Vampir zu werden?"

Mir stockte der Atem. „Ähm, was? Das war aber nicht Teil der Abmachung."

Er kicherte. „Eigentlich schon. Für deinen Job bei Connie wirst du mit Vampir-Magie ausgestattet."

„Mit Reißzähnen und allem Drum und Dran?" Ich schreckte vor dem Gedanken zurück. Selbst wenn Connie kein Blut saugte, war sie immer noch kalt, grausam und geradezu niederträchtig. Die Zusammenarbeit mit ihr könnte ich wahrscheinlich gerade noch aushalten, aber so zu werden wie sie?

„Ja, du erhältst alles, was einen Vampir ausmacht. Die Macht, das Prestige ..." Er zuckte einige Male mit dem Schwanz, obwohl er offensichtlich noch nicht zu Ende gesprochen hatte. „Den Fluch."

„Ein Fluch!", explodierte ich. „Niemand hat etwas von einem Fluch gesagt."

„Komm jetzt. Wir sollten anfangen und dich vorbereiten. Du hast genau achtundvierzig Stunden, um deinen Job zu erledigen. Es gilt also, keine Zeit zu verlieren."

„Was, wenn ich das nicht rechtzeitig schaffe?" fragte ich und lief ihm hinterher, als er auf die Lagerhalle zuging.

Fluffikins drehte sich um und blickte mich an, seine Augen funkelten belustigt. „Dann wird deine Veränderung dauerhaft werden."

In dem Moment wurde mir alles klar.

Wenn ich mich für immer in einen Vampir verwandeln würde, dann müsste er mir nicht sagen, warum ich anders bin. Denn die Antwort wäre dann offensichtlich: *Du bist ein Vampir, Tawny.*

Das war sein letzter verzweifelter Versuch, sein Geheimnis zu bewahren. Er wusste, dass Connie mir den Job nicht leicht machen würde. Verdammt, er verließ sich geradezu auf einen solchen Ausgang.

Aber ich vertraute darauf, meine Antworten zu bekommen. Ich hatte bisher zwei APZ-Einsätze überlebt, und ich würde auch diesen überleben.

Meine Existenz hing davon ab.

Ich hätte den hinterhältigen Bürokater umbringen können. Stattdessen folgte ich ihm brav zurück in den Trainingsraum –, bereit, alles aufs Spiel zu setzen, nur damit ich etwas über mich erfahren konnte, das ich schon längst hätte wissen sollen.

Wenn er einen Vampir wollte, dann würde ich eben zu einem werden.

Ich würde der beste Vampir sein, den es je gab, aber nur für achtundvierzig Stunden, höchstens. Dann wäre ich wieder ich und würde endlich erfahren, was das alles zu bedeuten hatte.

Das Spiel beginnt, Mr Fluffikins.

6

Das Lagerhaus war genauso, wie Fluffikins und ich es erst vor kurzem verlassen hatten. Ich zog den Stuhl, den ich hineingeschleppt hatte, ein paar Meter von der Öffnung in der Decke weg und setzte mich darauf. Mein Körper schmerzte von meinem letzten Sturz, den ich Connie verdankte, aber ich bezweifelte, dass der Kater die Güte haben würde, mich ein zweites Mal zu heilen.

Tatsächlich beäugte er mich in diesem Moment mit einem Ausdruck, der irgendwie Enttäuschung ausdrückte. „Du siehst erschöpft aus."

„Ich bin erschöpft", knurrte ich zurück. „Und es ist nicht sehr nett, einer Frau so was zu sagen … oder überhaupt jemandem."

Ein Lächeln breitete sich zwischen seinen Schnurrhaaren aus. Ich wünschte mir, er würde endlich zur Sache kommen.

„Du solltest dich freuen", sagte er trocken. „Immerhin bekommst du genau das, was du willst. Du bist gekommen, um das Artefakt zu stehlen, und jetzt bin ich hier, um es dir für deinen nächsten Auftrag anzubieten."

Ich sackte noch weiter in dem Stuhl zusammen und verschränkte die Arme vor der Brust. „Wir wissen beide, dass ich das nicht vorhatte."

Das Lächeln des Katers wurde noch breiter. Ich dachte, er würde vielleicht etwas besonders Gemeines sagen wollen, aber er sprang einfach an die Decke hoch und ließ mich unter sich.

Irgendwie erwartete ich, dass er schnell zurückkehren würde, so wie er es bei den beiden anderen Malen getan hatte, als er da oben etwas für mich holte, aber stattdessen saß ich für eine gefühlte Ewigkeit allein da.

Einmal schaute sogar Connie kurz rein, um zu prüfen, wie es bei uns lief. Sie ging wieder und murmelte etwas über „diese Plage von einem nichtsnutzigem Kater".

Als Fluffikins schließlich wieder auftauchte, hatte er die magische Brosche in seiner Schnauze.

Dann drehte er sich um und zog in einem funkelnden Wirbel aus rosa Magie ein zweites, größeres Objekt von oben zu sich herab.

„Was ist das?" Ich deutete mit dem Kopf in Richtung des unerwarteten, zusätzlichen Ausrüstungsgegenstands.

Er ließ die Brosche sanft auf den Boden gleiten und sah dann wieder zu mir auf. „Es ist deine Vampir-Rüstung", antwortete er sachlich.

Ich neigte den Kopf zur Seite. „Vampir-Rüstung? Wie Gretas Engels-Panzer?"

„Nicht ganz. Diese wird dich davor bewahren, gepfählt zu werden." Fluffikins setzte sich und legte den Schwanz um seine Füße.

Bei der Vorstellung, dass so etwas überhaupt möglich war, krampfte sich alles in mir zusammen. „Aber ich habe Connie noch nie so etwas tragen sehen", betonte ich und betrachtete die verzierte Brustplatte und die Lederriemen, die sie vermutlich an Ort und Stelle hielten.

Die Katze spottete. „Sie braucht ihre auch nicht zu tragen, es sei denn, sie begibt sich wissentlich in eine gefährliche Situation. Sie ist eine viel erfahrenere Vampirin als du."

Ein Schauer durchlief mich. „Ich bin keine Vampirin."

„Noch nicht, aber in etwa zwei Minuten wirst du eine sein.“

„Okay, muss ich dieses Ding also die ganze Zeit über anhaben, während ich diesen Auftrag erledige?“ Ich atmete tief durch und versuchte, mich zu sammeln. Der Gedanke, Vampirmagie einzusetzen, war weitaus furchteinflößender als alles, was ich bisher dank der Agentur für paranormale Zeitarbeit erlebt hatte. Ich meine, Hexen konnten sowohl gut als auch böse sein, aber waren Vampire nicht immer grausame, fiese Monster? Wenn Connie ein Beispiel dafür war, wie der Rest ihrer Spezies tickte, dann ja.

Der Kater schien mein Unbehagen zu genießen und gab sich alle Mühe, das sogar noch zu steigern. „Ich habe die Gurte für dich angebracht“, sagte er mit einem knappen Zucken seines Schwanzes, „da du ja eine Vorliebe dafür hast, das Fleisch auf deiner Brust zu enthüllen, und wir brauchten eine Möglichkeit, es zu schützen.“

„Bei dir klingt das so, als würde ich ständig meine Möpse heraushängen lassen. Dabei zeige ich nur ein wenig Dekolleté, und das auch nur manchmal. Ganz geschmackvoll. Keineswegs lasziv.“ Trotzdem zog ich meinen Ausschnitt höher und überlegte, ob ich in ein paar neue Rollkragenpullis investieren sollte.

Er ließ seinen Blick an mir auf und abwandern und seufzte. „Ja, nun … Die Gurte sind trotzdem unerlässlich. Wir können nicht riskieren, dass du während des Jobs stirbst."

„Aaaah, Fluffikins. Ich hatte ja keine Ahnung, dass du dich so um mich sorgst." Meine Stimme kam sirupartig und süßlich rüber. Ich hasste das.

„Eine Aushilfe mitten im Einsatz zu verlieren, verursacht viel zu viel Papierkram", witzelte er, ohne zu lachen.

Ich stöhnte und verdrehte aufgrund seiner sarkastischen Bemerkung die Augen.

Er machte eine Bewegung mit seiner Pfote, um meine Aufmerksamkeit zu auf die Rüstung zu lenken. „Los, zieh sie mal an. Ich kann mit meiner Magie die Größe verändern, sollte sie nicht passen."

Ich stand auf und griff zögernd nach der schwebenden Vampir-Rüstung. Sie hatte einen dicken Lederkragen, der im Nacken zugeschnallt werden konnte, sowie Riemen, die unter den Armen hindurch und quer über den Rücken verliefen, um die Brustplatte vor dem Verrutschen zu bewahren. Das Metallteil war mit kunstvollen Verzierungen versehen – ein absolutes Prachtstück. Trotzdem

hatte ich das Gefühl, ein überdimensioniertes Halsband zu tragen und dass der Bosskater mir eher
eins auswischen wollte, als mich vor einem Pflock
ins Herz zu schützen.

Die Passform hingegen war perfekt.

Ich klopfte auf meine Brustplatte, um zu zeigen,
dass sie perfekt saß.

Fluffikins nickte. „Ausgezeichnet. Und jetzt
das." Er schubste die Brosche mit der Pfote in
meine Richtung. Ich war mir nicht sicher, wo
genau ich sie anbringen sollte, da das magische
Artefakt in der Nähe meines Herzens bleiben sollte,
und dieses war ja bereits von der Brustplatte
bedeckt. Am Ende befestigte ich sie an meinem BH
und hoffte, dass sich die Nadel nicht in das
empfindliche Fleisch darunter bohren würde.

Sobald das Artefakt an seinem Platz war, schien
ich von innen heraus zu leuchten. Zumindest fühlte
es sich so an. Ich glaube aber nicht, dass ich
tatsächlich glühte.

Was ich allerdings bemerkte, war, dass ich mich
gänzlich anders fühlte.

Wir Menschen haben uns an ein gewisses Maß
an Schmerzen in unserem täglichen Leben
gewöhnt, besonders diejenigen von uns, die wie ich
auf die Vierzig zugehen. Wir haben so viele kleine

Wehwehchen und Unannehmlichkeiten, die Teil unserer Normalität werden, wie etwa ein abgenutztes Gelenk oder eine juckende Hautstelle.

Die Vampir-Magie ließ das alles verschwinden.

Die Nachwirkungen meines heutigen Sturzes waren wie weggeblasen. Ich fühlte gar nichts mehr. Weder die körperliche Erschöpfung noch das Bedürfnis nach einer zweiten Tasse Kaffee. Nichts.

Ich hielt sogar für einen Moment die Luft an und stellte fest, dass meine Lungen nicht nach Sauerstoff verlangten.

Wow. Es war, als hätte ich das Gefühl zu leben völlig verloren.

„Na, wie fühlst du dich?", fragte der Kater, während er mich umkreiste.

Ich wusste nicht, was ich von dieser Veränderung halten sollte. Auf der einen Seite war es befreiend, aber andererseits stand sie so sehr im Widerspruch zu meinem normalen Zustand an, dass ich mir kaum noch als ein Mensch vorkam. Auf gewisse Weise war ich es wohl auch nicht mehr. Ich war eine Vampirin. Bedeutete das, dass ich jetzt technisch gesehen eine Untote war? Ja, das war wohl so. Zumindest für eine kurze Zeit.

Ich fuhr mit den Händen über meinen Körper und schüttelte den Kopf. „Ich fühle ... nichts."

„Oh, warte nur ab", schob Mr. Fluffikins mit einem Grinsen hinterher.

„Hm?"

„Komm mit. Jetzt wird es Zeit für den echten Test deiner Magie."

Ich schluckte schwer, aber es half nicht, meine wachsende Beunruhigung zu unterdrücken, während ich dem Bosskater dorthin folgte, wo er den nächsten Schritt geplant hatte.

Hoffentlich würde mir dieser nicht zum Verhängnis.

7

ch konnte locker mit Fluffikins mithalten, als der mit Volldampf durch die langen Flure des Bürogebäudes rannte. Das war absolut seltsam. Als ich den Zauber der Stadthexe besaß, hatte ich mich wenigstens noch wie ich selbst gefühlt.

Jetzt, als temporärer Vampir, war ich sowohl freudig erregt als auch verängstigt. Ich konnte mit extremer Leichtigkeit agieren. Keinerlei Schmerz zu spüren, war ein definitiver Joker in diesem Spiel.

Aber es machte mich neugierig darauf, wie Fluffikins und Connie wollten, dass ich diese neuen Kräfte einsetzte. Was auch immer die Besonderheiten dieses Auftrags waren, ich nahm an, dass sie ziemlich gefährlich sein mussten.

Anstatt uns in den Konferenzraum zurückzubringen, führte mich Fluffikins zu einem kleinen Büro in der hinteren Ecke des Komplexes. „Warte hier", wies er mich an und ließ mich stehen.

Ich ging auf Zehenspitzen hinein und fand einen Raum vor, der wie ein altmodischer Salon aussah. Das Fehlen von Fenstern und die lebhafte, geblümte Tapete ließen den Raum viel kleiner erscheinen, als er eigentlich sein sollte. Auf sämtlichen Oberflächen lagen Spitzendeckchen, und ein Kabinettschrank aus honigfarbenem Holz präsentierte stolz eine wild zusammengewürfelte Sammlung zierlicher Tee- und Untertassen.

Da ich mir nicht im Klaren darüber war, wie lange ich würde warten müssen, setzte ich mich in einen hohen Ohrensessel, darauf bedacht, die Deckchen, die über den dicken Armlehnen lagen, nicht zu verrutschen.

Einen Moment später schwang die Tür auf.

„Tawny? Hi." Parker schenkte mir von der Tür aus ein schüchternes Lächeln. „Was machst du in meinem Büro?"

„Dein Büro?" Ich schlug die Beine übereinander und ließ mich tiefer in den Stuhl sinken. Trotzdem konnte ich den Komfort des plüschigen, reichlich gepolsterten Sessels nicht spüren. Ich spürte überhaupt nichts. „Ich hatte keine Ahnung, dass das dein Stil ist."

Parker gluckste. „Seit ich den Posten der Stadthexe von Lila übernommen habe, hatte ich noch keine Gelegenheit, ihn umzugestalten. Und ein Teil von mir will es auch gar nicht. Es ist schön, an sie erinnert zu werden."

„Du bist mir aus dem Weg gegangen", sagte ich ihm. Ich hatte in der letzten Woche intensiv versucht, seine Aufmerksamkeit zu erlangen, aber seit unserem spontanen Kuss am Ende meiner letzten Mission hatte er mich definitiv gemieden. Ich hätte überglücklich sein sollen, ihn jetzt zu sehen und die Chance zu bekommen, mit ihm zu reden. Mehr als alles andere war ich jedoch neugierig wegen seines plötzlichen Sinneswandels.

Er seufzte und lehnte sich gegen die geschlossene Tür zurück. „Seit unserem Kuss, ich weiß. Es tut mir leid."

„Warum?", wollte ich wissen. Mein Fuß wippte ungeduldig, als würde er die Sekunden bis zu seiner Antwort herunterzählen.

Parker schloss seine Augen und streckte den Kopf zur Decke. „Ich mag dich wirklich, Tawny, aber es ist viel verlangt von jemandem, diesen ganzen APZ-Kram zu akzeptieren. Außerdem ist es, wie du aus erster Hand erfahren hast, gefährlich."

„Das weiß ich alles schon", sagte ich, nicht gewillt, ihn ungeschoren davonkommen zu lassen.

„Du weißt ein wenig, aber es gibt da so viel mehr. Dinge, über die du dir niemals Gedanken machen solltest. Es ist alles meine Schuld, weil ich dich so tief in alles reingezogen habe. Es war egoistisch von mir, deine Erinnerungen zurückzubringen. Dich zu küssen." Er zuckte zusammen, als würden ihm die Worte körperliche Schmerzen bereiten.

„Sollte ich da nicht auch ein Wörtchen mitzureden haben?", sinnierte ich laut. Ich fragte mich auch, warum er so melodramatisch war. Wir hatten uns geküsst. Sicher, in dem Moment hatte es sich bedeutsam und weltbewegend angefühlt, aber jetzt? Ich wusste nicht, wie ich mich fühlte. Hauptsächlich war ich es leid, dass er ständig vor mir weglief, gleichzeitig aber auch neugierig, warum er das tat.

„Für uns gibt es keine gemeinsame Zukunft", erklärte Parker, und in seinen grauen Augen spiegelte sich Sorge. „Magier und Normalos passen nicht zusammen, und das aus gutem Grund."

Hier gab es nur eine logische Schlussfolgerung. Wir mussten die Probe aufs Exempel statuieren.

„Küss mich noch mal", sagte ich. „Wenn du nichts für mich empfindest, lasse ich dich in Ruhe. Aber wenn da wirklich etwas Besonderes zwischen uns ist, sollten wir es dann nicht wenigstens zu einem Ende bringen?"

Parker nickte und fuhr sich mit der Zunge über die Lippen, als ich mich von meinem Stuhl erhob und zu ihm hinüberschlenderte. Ich legte eine Hand auf seinen Arm und brachte mein Gesicht an seines –, etwas, das ich schon die ganze Woche lang tun wollte.

Und jetzt, wo unser großer Moment gekommen war, fühlte ich …

Nichts.

In der Tat hatte ich von dem Moment an, als er das Büro betrat, nicht mehr als eine Art amüsierte Neugierde empfunden. Ja, wir hatten uns unterhalten, und ich hatte meine Argumente vorgetragen, warum wir zusammen sein sollten. Aber das war alles, lediglich eine logische, emotionslose Diskussion. Keinerlei Herzklopfen oder Atemlosigkeit, als wir uns näherkamen. Kein erregtes Zittern in Erwartung seines Kusses.

Seit wir uns zum ersten Mal begegnet waren, war ich in ihn verknallt, aber jetzt kam er mir vor wie ein Fremder – einer von Milliarden auf diesem Planeten. Er hätte jeder sein können.

Ja, ich kannte ihn und auch unsere gemeinsame Geschichte. Aber das war nicht genug.

Parker zog sich zurück und lächelte mich an, aber als er meinen Gesichtsausdruck bemerkte, runzelte er besorgt die Stirn. „Tawny? Was ist los?"

Ich blickte hinunter auf meine neue Brustplatte und schüttelte den Kopf.

„Was ist das? Was hast du da an?" Er hob eine Hand und ließ sie auf meiner Rüstung ruhen.

„Mr Fluffikins hat mir gerade einen neuen Job zugeteilt", flüsterte ich. „Mit Connie."

Seine Augen glühten vor Wut. Er schob mich zur Seite und stürmte aus dem Büro, ohne auch nur ein Wort der Erklärung abzugeben.

Ich versuchte nicht, ihn aufzuhalten, aber ich folgte ihm –, mehr aus Neugier als aus Interesse am Ergebnis.

„Du hast ihr Vampirzauber verpasst?", schrie er, nachdem er in den Konferenzraum gestürzt war und den geschmeidigen schwarzen Kater gefunden hatte. Er saß Connie am langen Konferenztisch gegenüber.

„Ja. Connie hatte einen Auftrag für sie", antwortete der mit einem Achselzucken.

„Aber du weißt doch, wie gefährlich das ist! Dass die Veränderung sich manchmal nicht rückgängig machen lässt!"

„Und worauf willst du hinaus? Wir brauchten eine Aushilfe, und sie wollte einen neuen Auftrag. Vergiss nicht, dass du es warst, der ihr nach ihrer ersten Mission das Gedächtnis zurückgegeben hat. Wir hätten alle mit unserem Leben weitermachen können, wenn du dich nicht eingemischt hättest."

Connie grinste, während sie ihre frisch lackierten Nägel studierte. Ich konnte den beißenden chemischen Geruch, der in der Luft hing, immer noch riechen.

„Bist du bereit, uns einen kurzen Überblick zu diesem Job zu geben?", fragte ich, trat ebenfalls ein und ging auf Connie und Fluffikins zu, um bei ihnen Platz zu nehmen.

„Tawny ..." Parkers Stimme brach. Ich konnte seine Angst sehen, fühlte aber selbst nichts Derartiges.

„Parker", sagte ich kühl, an ihn gewandt und bereit, die Sache voranzutreiben. „Ich habe jetzt einen Job zu erledigen, aber wir können später weiterreden. Okay?"

8

Trotz meiner Aufforderung zu gehen und uns zur Sache kommen zu lassen, blieb Parker wie angewurzelt stehen. Ich hatte höchstens achtundvierzig Stunden, um diesen Job zu erledigen, und er zögerte den Start mit seiner Sturheit hinaus. Wenn ich bei dieser Aufgabe versagte, würde ich für immer ein Vampir bleiben – und er wäre zumindest teilweise schuld daran. Wieso konnte er das nicht einsehen?

„Hast du ihr schon von dem Fluch erzählt?", fragte er Mr Fluffikins mit lauter Stimme. Ich hatte ihn noch nie so aufgebracht erlebt.

„Ich habe temporäre Vampir-Magie", informierte ich Parker, zog mir einen Stuhl neben Connie heran und nahm Platz. „Das heißt, mit allem, was dazugehört. Und, ja, ich weiß, dass es einen Fluch gibt."

„Aber weißt du, was der genau bedeutet?", drängte er noch nachdrücklicher. Warum konnte er nicht einfach sagen, was er meinte, anstatt all diese sinnlosen Fragen zu stellen?

Als ich meine Lippen schürzte, anstatt zu antworten, platzte er heraus. „Vampire können nichts fühlen, Tawny."

Nun, das wusste ich bereits. Es war das Erste, was mir aufgefallen war, als sich die neue Magie über mich legte. Und dieses krasse Defizit wurde sogar noch deutlicher, je länger der Zauber anhielt.

Parker schien jetzt zu zittern. Auch seine Stimme bebte. „Du kannst nicht lieben und keine dauerhaften Beziehungen eingehen. Freunde, Familie, Partnerschaft ... nichts von alledem. Wenn du so bleibst, bist du zwar unsterblich, aber zu welchem Preis? Du wirst ein einsames Monster sein, das gezwungen ist, für immer allein im Schatten zu leben."

„Hör auf, so melodramatisch zu sein", zischte Connie. „Ich stehe ebenfalls unter diesem Fluch, und ich komme gut damit zurecht. Außerdem wird sie keine Vampirin bleiben. Ich habe vor, diesen Job zu erledigen und sie so schnell wie möglich wieder loszuwerden."

„Deshalb hasst du also alle", witzelte ich mit einem kurzen Blick in ihre Richtung.

Sie richtete sich in ihrem Sessel auf und reckte das Kinn in die Luft. „Nein, der Fluch ist nur der Grund, warum ich niemanden mag. Alle zu hassen ist meine ureigene Entscheidung."

Fluffikins redete als Nächster. „Barnes, deine Arbeit hier ist erledigt. Danke, dass du mir geholfen hast, sicherzustellen, dass Tawnys Magie voll wirksam ist, bevor wir sie ins Feld schicken."

„Ich möchte ebenfalls helfen. Was auch immer diese Aufgabe ist, sie wird sicher mit drei Leuten zufriedenstellender durchgeführt werden können als mit nur zweien."

„Nein, das ist ein Job, den nur Vampire machen können. Zumindest im Moment. Sieh zu, dass du verschwindest, Hexer", befahl Connie.

Parker sah aus, als wolle er mir unbedingt noch etwas sagen, aber stattdessen stakste er davon und schlug die Tür hinter sich zu.

„Ich dachte schon, er würde nie gehen", sagte ich, was Connie ein Lachen entlockte. Ich wollte nicht, dass er sich aufregte, weil es so unangenehm war, das mit anzusehen. Alle sollten ihre

Emotionen im Zaum hielten, damit wir zur Sache kommen konnten.

„Ha! Ich hasse dich nicht mehr ganz so sehr wie die anderen", murmelte Connie. „Trotzdem kann ich es kaum erwarten, dich wieder loszuwerden."

Das machte Sinn. Ich nickte. „Mr Fluffikins, sind wir jetzt bereit für die Einsatzbesprechung?"

Der Kater erhob sich auf alle Viere und begann, in seinem klassischen Generalstabsschritt auf dem Tisch auf und ab zu gehen. „Das seit langem leerstehende Ladenlokal an der Ecke Main und Grand in der Innenstadt wurde kürzlich von einer gewissen Vanessa Vane gekauft. Einer Vampirin."

„Nur ein Vampir? Das scheint für mich kein großes Problem zu sein." Ich konnte nicht glauben, dass es bei all dieser Aufregung um einen einzelnen Vampir ging, der in die Stadt gezogen war.

„Wo sich einer niederlässt, wird es bald noch mehr geben", sagte Connie mit einem Knurren, Anscheinend hatte sie sich bereits eine Meinung über diese neue Bewohnerin gebildet.

Fluffikins schritt wieder auf uns zu und blinzelte schwach. „Bis jetzt war Connie der einzige Blutsauger in Beech Grove. Aufgrund ihres langen Lebens und ihres extremen Reichtums sind Vampire recht territorial. Es wäre natürlich möglich, dass Vane ein Grundstück in der Stadt gekauft hat, ohne zu wissen, dass dieses Gebiet bereits von ihr beansprucht wird. Andererseits könnte es aber auch sein, dass sie einen Streit anzetteln will. Und wenn das der Fall ist, wird der Rest ihres Zirkels in Kürze ebenfalls hier eintreffen."

„Okay, was sollen wir also tun?", fragte ich, das alles nicht ganz verstehend.

„Als einsame Vampirin kommt Connie schwach rüber, aber mit deiner Hilfe wird ihr Auftreten offizieller wirken. Das bedeutet, dass sich die Neuankömmlinge weniger wahrscheinlich an das Gebiet ranmachen werden."

„Also was? Wir statten dieser neuen Vampirin einen Besuch ab und bitten sie höflich zu verschwinden?" Das erschien mir viel zu einfach, aber meine beiden Begleiter nickten nachdrücklich.

„Genau", sagten sie.

Ich trommelte mit den Fingern auf den Tisch und wurde so allmählich ungeduldig mit den beiden. „Und wenn das nicht klappt?"

„Dann wirst du wirklich sehen, was deine neuen Kräfte bewirken können", erwiderte Connie mit einem finsteren Lächeln.

Meine Neugierde war wieder mal geweckt. Ich

hatte schon oft die Redewendung gehört, dass Neugier der Katze Tod sei, aber es schien, als ob das Sprichwort noch viel passender war, wenn es um Vampire ging. Anstatt nach Blut dürstete es mich nach Wissen, nach Verständnis. Und vermutlich nach Reichtum, obwohl ich noch nicht spürte, dass Geiz in mir aufkam.

Fluffikins schnurrte vor Vergnügen. „Also, sind wir uns alle über die Mission hier im Klaren?"

Ja, ungefähr so klar wie Kloßbrühe.

Ich biss mir auf die Lippe, um nichts zu sagen. Mehr aus Selbstschutz als aus Respekt dem Bosskater gegenüber. Es sah so aus, als könnte dieser Job in eine von zwei Richtungen gehen. Es könnte der bisher einfachste sein, oder aber ich würde direkt in einen gewalttätigen Vampirkrieg verwickelt …

Und ehrlich gesagt wusste ich nicht, was mir lieber war.

9

Fluffikins entließ uns aus dem Sitzungssaal, was bedeutete, dass es für Connie und mich an der Zeit war, diesen neuen Vampir namens Vanessa Vane zu finden und zu mit der aktuellen Situation zu konfrontieren.

„Du siehst lächerlich aus", stellte Connie fest, als wir Seite an Seite den Flur entlanggingen. „Als ob du an eine Leine gelegt und auf allen Vieren herumgeführt werden müsstest."

Ich hob eine Hand zu meiner Brustplatte und fuhr mit den Fingern über das verschnörkelte Metallwerk. „Zu viel des Guten?" fragte ich.

„Es ist ein schönes Accessoire, nehme ich an, aber es passt nicht zum Outfit. Ein kurzer Abstecher zu meinem Kleiderschrank sollte dich aber eher wie eine respektable Vampirin aussehen lassen."

Ich erinnerte mich daran, wie sie mich bei meinem letzten Auftrag als Hellseherin verkleidet hatte. Ihr begehbarer Kleiderschrank war so ewig lang, dass ich kein Ende ausmachen konnte. Andererseits sah Connie immer so aus, als wäre sie direkt einem Modemagazin entsprungen, mit ihren stilsicheren und perfekt aufeinander abgestimmten Ensembles. Ich erkannte auch hier und da ein paar Designerstücke, was keinen Zweifel daran ließ, dass alles, was sie trug, sündhaft teuer war.

Wenn ich mir ausmalte, in was für eine Pracht sie mich gleich stecken würde, wurde ich ganz kribbelig vor Aufregung. Oh, ich konnte also immer noch etwas fühlen. Vampire liebten Macht und Reichtum, und laut Connie und Fluffikins war das auch die Art, wie sie sich jetzt ernährten. Parkers Kuss hatte mir nichts bedeutet, obwohl er es eigentlich hätte tun sollen, aber die Aussicht, mich zu verkleiden, machte mich ganz schwindlig.

Was für eine seltsame neue Welt, in der ich mich wiederfand.

Ich versuchte mir einzureden, dass diese Veränderung nur vorübergehend war. Dass ich mir kein schlechtes Gewissen machen musste, weil ich mich nicht für Parker interessierte, während ich mit dieser Vampirmagie ausgestattet war. Aber ehrlich gesagt, konzentrierte ich mich viel lieber auf das bevorstehende Umstyling. In welch teures Outfit würde Connie mich stecken? Ich wette, es wäre wertvoller als meine gesamte Garderobe zu Hause zusammengenommen. Ich würde so schick aussehen, so viel Bewunderung und Respekt ernten. Ich konnte es kaum erwarten!

Connie verschwendete keine Zeit, holte eine rote Samtbluse mit Glockenärmeln und eine schwarze Hose mit Nadelstreifen aus ihrem Schrank und reichte mir beides. „Wenn du schon diese lächerliche Rüstung trägst, dann sollte sie auch zu einem Ensemble passen." Sie rümpfte die Nase in Anbetracht meiner aktuellen Kleidung.

„Das ist meine Vampir-Rüstung, die mich davor schützen soll, gepfählt zu werden", erklärte ich. Sollte sie das nicht eigentlich wissen?

Sie stieß ein sarkastisches Lachen aus. „Hat Fluffikins dir das weisgemacht?"

„Ähm, ja. Willst du damit sagen, dass er gelogen hat? Was macht es …?"

„Keine Zeit für Fragen. Zieh dich an, wir müssen los." Sie ging zurück in den Eingangsbereich, um mir etwas Privatsphäre zu gewähren, und kam ein paar Minuten später mit einem schwarzen Lederkorsett in der Hand zurück.

Ich beäugte es – und sie – skeptisch.

„Es vervollständigt den Look", sagte sie und half mir hinein.

Als ihre Hände sich um meine Taille legten, um das Korsett zuzuschnüren, erkannte ich, dass wir nun denselben zerknitterten roten Samtstoff trugen. „Gibt es einen Grund, warum wir dieselben Sachen tragen?"

„Nicht dieselben", korrigierte sie mich mit einem angewiderten Knurren. „Wir sind nur aufeinander abgestimmt."

„Gut." Die Arbeit mit ihr würde mental sehr anstrengend werden. In der Tat war sie das bereits. „Und warum ist dem so?"

Sie verdrehte die Augen. „Das sind die Farben des Zirkels. Das lässt diese kleine Farce etwas offizieller wirken. Also, keine Fragen mehr. Mit etwas Glück ist diese Vanessa Vane ein ahnungsloser Feigling und flüchtet mit eingezogenem Schwanz, sobald wir auftauchen."

„Glaubst du wirklich, dass es so einfach wird?", fragte ich, während sie die Riemen meines Korsetts bis zum Anschlag zuzog.

„Nein", sagte sie und verblüffte mich damit, wie

schroff ihre Antwort klang. „Du hattest bereits zwei Einsätze bei uns. War einer von denen einfach?"

„Stimmt. Ähm, also wie kommen wir in die Stadt?", fragte ich, als sie ihr Büro hinter uns abschloss.

„Nun, wir verwandeln uns natürlich in Fledermäuse und fliegen dorthin."

„Wirklich?", quietschte ich.

„Natürlich nicht. Jetzt hör auf, dumme Fragen zu stellen, und lass uns gehen." Sie bewegte sich schnell durch die Gänge, aber ich hatte keine Probleme, mit ihr Schritt zu halten. Wir verließen das APZ-Hauptquartier, aber anstatt zum Parkplatz, gingen wir in Richtung Wald.

Sobald wir die Baumgrenze hinter uns gelassen hatten, legte Connie einen schnellen Gang ein. Gemeinsam bewegten wir uns so rasant durch das Dickicht, dass es war, als ob wir fliegen würden. Meine neue Vampirmagie beseitigte anscheinend alle Grenzen dessen, was mein Körper bisher kannte. Nicht einmal der Windwiderstand war ein Problem, als wir uns durch Luft und Land kämpften.

In kürzester Zeit erreichten wir die andere Seite des riesigen Waldes, und Connie verlangsamte ihr Tempo auf ein angemesseneres Niveau.

„Das war unglaublich!", rief ich, sprang in die Luft und stieß meine Faust gen Himmel.

„Wir bewegen uns nur dann ohne Einschränkung, wenn keine menschlichen Beobachter in der Nähe sind", informierte sie mich, und zum ersten Mal wurde mir bewusst, dass es mich unglaubliche Anstrengung kostete, in diesem vergleichsweisen Schneckentempo zu gehen, jetzt, da ich wusste, wie schnell sich mein magischer Körper bewegen konnte.

„Was können wir sonst noch so?", fragte ich und fiel an ihrer Seite in Gleichschritt.

„Es gibt kein wir, und du tust gut daran, das zu verinnerlichen."

„Vampire, meine ich."

„Du bist kein Vampir. Du hast lediglich die Magie eines solchen."

Ich knurrte frustriert. „Du weißt, worauf ich hinauswill. Sag es mir einfach."

Connie blieb stehen und drehte sich mit versteinerter Miene zu mir um. „Ich bin dir nichts schuldig. Wenn du Fragen hast, such dir die Antworten selbst. Wir sind fast bei Vanessa Vanes Haus angekommen. Sobald wir ihr gegenüberstehen, will ich keinen Pieps mehr von dir hören. Tatsächlich wäre es großartig, wenn du das jetzt schon auf die Reihe kriegen könntest. Halt einfach die Klappe, schau taff aus und überlass alles Weitere mir."

Oh, war das alles?

Ich begann zu ahnen, dass Connie ein noch schlechterer Chef als Mr Fluffikins sein könnte.

Weniger als achtundvierzig Stunden noch. Ich würde jetzt jede einzelne davon runterzählen …

10

ch verhielt mich ruhig, um weiteren Auseinandersetzungen mit Connie aus dem Weg zu gehen, und begann, die Minuten zu zählen, bis diese Mission vorbei war. Damit würde ich nicht nur vermeiden, für immer ein Vampir zu bleiben, sondern auch endlich das große Geheimnis ergründen, das Fluffikins so verzweifelt vor mir zu verbergen versuchte. Und ich würde eine weitere Chance mit Parker bekommen, was – logischerweise – etwas war, von dem ich wusste, dass ich es wollte, auch wenn ich mich in meinem derzeitigen Zustand nicht dazu durchringen konnte, es für wichtig zu erachten.

Was für seltsame Kreaturen Vampire doch

waren. Kein Wunder, dass die Menschen sie fürchteten. Wenn sie nur wüssten …

„Da wären wir", sagte Connie, streckte ihre Fingern mit den frisch manikürten Nägeln aus und packte mich am Handgelenk. Wir standen vor einer Ladenzeile, die, seit ich in der Stadt angekommen war und wahrscheinlich auch schon lange davor, leer gestanden hatte. Noch vor einer Woche war das Schaufenster voller Dreck und Spinnweben gewesen. Jetzt jedoch erstrahlte das Innere in leuchtenden, satten Rot-, Gelb- und Violetttönen. Prächtige, mit Perlen verzierte Mini-Kronleuchter hingen über jedem Tisch, und im hinteren Teil des Raums stand eine Servierstation aus poliertem Metall.

„Ist das ein Restaurant?", fragte ich ungläubig. „Ich dachte, Vamp …"

Connie warf mir einen warnenden Blick zu.

„Ich meine, ich dachte, Leute wie du müssten nichts essen." Ich wandte meinen Blick von ihr ab und entdeckte das schlichte Schild, das jetzt über der Ladenfront hing: *BOLLYWEIRD*.

Connie sah es auch und schnaubte. „Wir müssen nicht essen, aber wir können. Normalerweise macht unser ausgeprägter Geschmackssinn die Aufgabe eher mühsam als genussvoll. Ich vermute allerdings, dass dieser Ort für normale

Kunden gedacht ist. Schrecklicher Name für ein Restaurant.“

„Ich schätze, sie haben vor, indisches Essen zu servieren. Nicht, dass das wichtig wäre, wenn wir hier sind, um sie zu schassen.“

Connie hielt mein Handgelenk noch fester umklammert und wartete darauf, dass ich ihr in die Augen sah. „Lass uns gehen. Vergiss nicht, was ich dir gesagt habe.“

Ja klar, ich war lediglich die Verstärkung. Nur hier, um Connies Quote zu verbessern.

Ich nickte, und sie ließ von mir ab. Als ich die Tür aufzog, ging sie vor mir hinein.

Eine junge Frau betrat den Speisesaal, während sie sich die Hände an einem Geschirrtuch abtrocknete. Sie sah aus, als könne sie kaum älter als zwanzig sein, aber ich wusste sehr wohl, dass sie dank ihrer Vampir-Unsterblichkeit Jahrhunderte alt sein konnte.

„Kann ich Ihnen helfen?“, fragte sie mit einem geschäftsmäßigen Lächeln. Ihre Augen verengten sich jedoch, sobald sie Connie erblickte.

Diese deutete mit dem Kopf in die Richtung, aus der die andere Frau gerade gekommen war, und zog eine Augenbraue hoch.

„Ja, wir sind allein“, sagte sie, verschränkte die

Arme vor der Brust und ließ das Geschirrtuch baumeln. „Also, was wollen Sie?"

Das war offensichtlich unsere gute Freundin Vanessa Vane, und ihr war eindeutig bewusst, wer Connie war und was es mit unserem Besuch auf sich hatte.

„Wie Sie sehen, ist in dieser Stadt bereits ein Hexenzirkel ansässig. Deshalb möchten wir Sie bitten, diesen Ort zu verlassen und sich einen anderen zu suchen, um dort Ihre Zelte aufzuschlagen." Connie sprach in einem eisigen, monotonen Tonfall und gab sich keinerlei Mühe, ihre Verachtung zu verbergen.

„Ein einzelner Vampir macht noch keinen Hexenzirkel", antwortete Vanessa mit einem ungeduldigen Schnalzen ihrer Zunge.

„Ich bin auch ein Vampir!", quietschte ich.

Beide Frauen blickten mich finster an, und ich wich nervös einen Schritt zurück.

„Was? Haben Sie die auf dem Weg hierher verwandelt?", fragte Vanessa mit einem hämischen Lachen. „Die hat ja noch nicht mal Reißzähne."

„Ich bin schon sehr lange in dieser Stadt", fuhr Connie fort, ohne auf Vanessas Frage einzugehen. „Sie ist nicht groß genug für uns beide, und das wissen Sie."

Plötzlich fühlte es sich an wie in einem alten Western. Ich stellte mir vor, wie die beiden Vampire mit Cowboyhüten und Pistolen aufeinander losgingen. Dabei war es ganz egal, dass wir uns gerade im Bollyweird befanden. Dieser Moment glich einem typischen Spaghetti-Western.

„Ich werde Sie nicht behelligen, wenn Sie mich ebenfalls in Ruhe lassen", antwortete Vanessa mit einem herausfordernden Blick. „Heute Abend ist die große Eröffnung, und ich werde diese Veranstaltung auf keinen Fall sausen lassen."

„Wir wissen beide, dass das nicht wahr ist. Und das ist auch nicht die Art, wie unsereins einen Konflikt löst."

Vanessa seufzte. „*Hmm.* Dann sollte es vielleicht unsere Art sein."

Ich konnte nicht sagen, dass ich anderer Meinung war. Sowohl Fluffikins als auch Connie hatten darauf gedrängt, Vanessa zum Verlassen der Stadt zu bewegen, aber keiner von beiden hatte mir gesagt, warum sie so erpicht darauf waren. Was, wenn sie einfach ihre Leidenschaft für die südasiatische Küche mit dem Rest der Welt teilen wollte? War das nicht denkbar? Und wenn dem so war, bedeutete das nicht möglicherweise, dass wir hier die Bösen waren?

Ich zog den Kopf ein und wünschte, ich hätte mehr Fragen gestellt oder zumindest mehr Antworten bekommen, bevor ich hier hereinmarschierte und eine Fremde bedrohte.

„Das ist Ihre letzte Chance", warnte Connie sie zähneknirschend. „Gehen Sie."

Vanessa grinste. „Oder was? Zwingen Sie mich sonst dazu?"

Sie starrten sich unverwandt an, versuchten, sich gegenseitig einzuschätzen, keine der beiden rührte sich vom Fleck. Die Spannung brandete durch den Raum und wurde immer größer.

Ich hielt mich zurück und fragte mich, was wohl als Nächstes passieren würde. Würden wir jetzt kämpfen, oder …?

Plötzlich stieß Connie einen animalischen Brüller aus und wandte sich der Tür zu. Wenn das die erste Schlacht war, dann hatten wir sie gerade verloren. Und das verhieß nichts Gutes für das, was als Nächstes passieren würde.

Auf ihrem Weg dorthin packte sie mich am Arm und zog mich mit sich. „Komm schon, Tawny. Wir müssen uns auf einen Krieg vorbereiten!"

Vanessas amüsiertes Lachen folgte uns auf die Straße. Sie hatte keine Angst. Tatsächlich schien sie es darauf anzulegen, dass diese Konfrontation eskalierte.

Was bedeutete, dass wesentlich besser vorbereitet war als wir beide.

Was wiederum bedeutete, dass wir eine ziemlich hohe Chance hatten, zu verlieren.

Scheiße.

11

ch jagte Connie durch die Straßen der Innenstadt hinterher. Wir liefen beide schnell genug, um einigen anderen Fußgängern irritierte Blicke zu entlocken, hütete mich aber, dies ihr gegenüber zu erwähnen.

Ich wartete, bis wir sicher im Wald verschwunden waren, um meine lange Liste von Fragen loszulassen. „Warum könnt ihr, du und Vanessa, nicht beide hier leben? Warum weigert sie sich zu gehen? Müssen wir ihr wirklich den Krieg erklären?"

„Sinnlose Fragen!", zischte Connie, ohne langsamer zu werden, um die Dinge mit mir auszudiskutieren.

„Sag es mir", verlangte ich. Das waren durchaus

berechtigte Fragen angesichts der Situation und der Tatsache, wie schnell sie eskaliert war. „Warum hat ...?"

Connie drehte sich plötzlich und ohne Vorwarnung zu mir um. Zum Glück konnte ich mich gerade noch rechtzeitig abfangen, um einen peinlichen Zusammenstoß zu verhindern.

„Als wir uns das erste Mal trafen ...", presste die Vampirin zwischen zusammengebissenem Zähnen hervor. Ihre Muskeln zuckten, als ob sie sich mit aller Kraft zurückhielt. „Da hattest du Angst vor mir. Warum?"

Ehrlich gesagt, hatte ich immer noch Angst vor ihr, aber das war nebensächlich. „Ich dachte, du würdest mir das Blut aussaugen", antwortete ich kleinlaut.

Connie entspannte sich ein wenig, richtete sich zu ihrer vollen Größe auf und schaute streng auf mich herunter. „Und was habe ich dir gesagt?"

„Dass Vampire das nicht mehr tun. Sie ernähren sich jetzt von Reichtum." Das war einfach. Normalerweise war mein Gedächtnis nicht das Beste, aber wenn es um diese paranormale Welt ging, stellte ich sicher, dass ich nichts von dem, was ich lernte, vergaß. Selbst die kleinste Kleinigkeit konnte den Unterschied ausmachen, ob ich einen Auftrag zu Ende brachte oder ob ich ihn dermaßen vermasselte, dass ich dabei mein Leben verlor. Das hatte ich auf die harte Tour zu spüren bekommen, als ich mich nicht mehr erinnern konnte, was die verschiedenen Farben auf der blinkenden Kristallkugel bedeuteten, die Fluffikins mir für meinen letzten Auftrag anvertraute.

Connies Brauen zogen sich zusammen, während sie mich betrachtete. „Das stimmt so nicht ganz."

Ich keuchte und stolperte einen Schritt zurück. „Du trinkst immer noch Blut?" Bedeutete das, dass auch ich als frisch gebackene Vampirin bald Blut trinken würde? Mich schauderte bei dem Gedanken.

Sie ließ den Kopf hängen und starrte auf die auf dem Waldboden verstreuten Blätter, während sie sprach. „Ich weiß es nicht, aber ich würde es tun, wenn ich keine andere Wahl hätte."

Ich wagte mich wieder einen Schritt näher. „Was würde dir diese Wahl nehmen?"

Ihr Blick schnellte hoch und traf auf meinen. „Wenn zu viele Vampire auf engem Raum leben, und vor allem in mehr als einem Hexenzirkel, gibt es nicht genug Reichtum für alle. Das zwingt uns, andere, niederere Wege zu suchen, um unseren Hunger zu stillen."

„Blut", sagte ich und konnte das Wort buchstäblich schmecken, kaum dass es meinen Mund verlassen hatte.

Sie bleckte die Zähne und stellte ihre Reißzähne zur Schau. „Wir haben immer noch die dafür nötige Ausrüstung."

Ich fuhr mit der Zunge an meinen oberen Zähnen entlang. Sie fühlten sich an wie immer, also bevor Fluffikins mir diese neue Vampir-Magie verlieh.

„Noch hast du sie nicht", sagte Connie und beobachtete mich genau. „Aber wenn die Veränderung dauerhaft bleibt, wirst du sie bekommen. Sie brauchen nur ein paar Monate, um einzuwachsen. Das gibt den neuen Rekruten die Chance, diese Art der Ernährung zu erlernen, und hilft, das einzudämmen, was sonst zu einer gewissen Ekstase führen würde."

„Wow", sagte ich und holte tief Luft, obwohl ich wusste, dass meine Lungen das nicht nötig hatten. „Also müssen wir Vanessa wirklich dazu bringen, Beech Grove zu verlassen."

„Ja, und da meine friedlichen Verhandlungsversuche gescheitert sind, müssen wir uns jetzt wohl oder übel auf einen Krieg vorbereiten." Ihre Stimme klang leidenschaftslos, als sie seufzte und den Kopf schüttelte. Sie wirkte erschöpft, kampfesmüde, bevor die Schlacht überhaupt richtig begonnen hatte. Hatte sie etwa Angst? Und wenn ja, was bedeutete das für den Rest von uns?

„Warst du schon einmal in einen Vampirkrieg verwickelt?", fragte ich vorsichtig, in der Hoffnung, sie würde sich mir gegenüber vielleicht tatsächlich öffnen. „Das klingt wirklich gruselig."

Sie lachte trocken. „Vampirstärke gepaart mit menschlicher Schwäche, was für ein Witz."

„Warst du?" Ich beharrte auf einer Antwort. Ich hatte dieses Aufblitzen von Verzweiflung, Bedauern und Angst in ihren Augen gesehen – und ich musste wissen, warum.

„Schon oft. Wo Hunger vorherrscht, wächst auch die Gier. Manche Vampire sind mit ihren derzeitigen Ressourcen nicht zufrieden und versuchen, andere Städte zu erobern. Sie müssen aufgehalten werden, schnell und dauerhaft."

„Du meinst …?" Ich nahm einen tiefen Atemzug und hielt ihn in mir.

Die ältere Vampirin beugte sich nach unten, schnappte sich einen kurzen Ast vom Waldboden und richtete ihn auf meine Brustplatte. „Pflock ins

Herz. Das ist schließlich die einzige Möglichkeit, uns zu töten."

„Du sagtest *uns*." Mir wäre richtig warm ums Herz geworden, wenn es noch geschlagen hätte.

„Ich habe nicht *dich* gemeint, sondern die echten Vampire", korrigierte sie mich mit einem Knurren. Oh, prima. Ich hatte sie beleidigt. Das würde unsere Zusammenarbeit immens erleichtern.

„Warum hat Fluffikins mir dann überhaupt diese Rüstung gegeben, um mein Herz zu schützen?", forderte ich sie heraus und legte eine Hand auf meine Brust.

Sie prustete. „Keine Ahnung, warum er dir diesen lächerlichen Kragen verpasst hat, aber definitiv nicht aus den genannten Gründen."

„Du denkst, er hat mich angelogen?"

„Ich weiß, dass er dich angelogen hat."

„Aber warum? Was verheimlicht er?" *Und was verschweigst du mir über deine eigene Vergangenheit?*

„Ich weiß es nicht. Ich habe nicht genug aufgepasst, um dem großen Geheimnis auf die Spur zu kommen, über das du und er gesprochen habt. Es ist mir auch nicht wichtig genug, um da weiter nachzuforschen."

Nun, das machte Sinn bei allem, was ich bisher

über Connie herausfinden konnte. Sie hatte mich nie gemocht und würde es auch nie. Sie konnte es schlichtweg nicht. Das war ihr Fluch, und für eine kurze Zeit war es auch meiner.

Plötzlich schleuderte sie den Stock so heftig von sich, dass ich nicht mal sehen konnte, wo er schließlich landete. Als das Projektil außer Sichtweite flog, schaute sie mich über ihre Schulter hinweg an und sagte: „Können wir jetzt bitte zur Zentrale zurückkehren und uns auf unseren Kampf vorbereiten? Ich werde viel mehr als nur dich als Verstärkung brauchen."

Sie wartete nicht mal meine Antwort ab, sondern floh stattdessen tiefer in den Wald und ließ mir keine andere Wahl, als ihr hinterherzurennen.

12

Mr Fluffikins saß am Waldrand und wartete auf uns. „Nun, was gibt es zu berichten?", fragte er, sobald wir auf den Rasen hinter dem Hauptquartier traten.

„Zeit für Phase zwei", antwortete Connie, bevor sie die Lippen zu einem festen Strich zusammenpresste.

Er sprang sofort auf die Füße. „Ich werde das Team zusammentrommeln."

„Lass den Engel aus dem Spiel", knurrte Connie, und ihre Miene verfinsterte sich augenblicklich. „Sie hat meine Methoden noch nie gebilligt und zögert auch nicht, das zu sagen. Wenn wir ein starkes Team bilden wollen, brauchen wir keine Dissidenten."

Die Katze nickte. „Wie du möchtest."

„Was jetzt?" fragte ich sie, als Mr Fluffikins zurück zum Hauptquartier trabte.

Sie starrte ihm hinterher, anstatt sich mir zuzuwenden. „Jetzt schmieden wir einen Plan und üben so lange, bis ich einigermaßen sicher sein kann, dass du nicht versagen wirst."

„Wie man einem Vampir im Einzelkampf begegnet?"

Sie grinste. „So ähnlich."

Fluffikins beeilte sich, und so dauerte es nicht lange, bis die anderen am Waldrand zu uns stießen.

Parker eilte sofort an meine Seite. „Tawny, geht es dir gut? Was ist hier los?"

Ich zuckte mit den Schultern und schüttelte den Kopf, da ich auf keine seiner beiden Fragen eine wirkliche Antwort hatte.

„Alle mal herhören, bitte", rief Connie uns zu. „Ihr seid hier, um zu lernen, wie man einen unerwünschten Hexenzirkel aus der Nachbarschaft vertreibt. Ich werde einen Plan entwerfen und dann jedem von euch zeigen, wie man ihn ausführt."

Der alte Mann im Anzug ließ sich auf den Waldboden sinken und rang nach Atem. Wenn sein hüftlanger weißer Bart nicht schon sein Alter verraten hätte, dann doch sein völliger Mangel an körperlicher Fitness. Ich wusste immer noch nicht, wie er hieß, und zu diesem Zeitpunkt erschien es mir unhöflich, ihn danach zu fragen. Mir war nur bekannt, dass ihm die Verwaltung der Friedhöfe unterstand, was der gruseligste Job von allen war. Aber mal ganz im Ernst, was sollte so ein schwacher alter Mann in einem brutalen Nahkampf schon ausrichten können?

Connie räusperte sich, um die Aufmerksamkeit aller wieder auf sich zu lenken, und fuhr fort. „Offensichtlich sind wir hier im Nachteil mit unserer bunt zusammengewürfelten Truppe von Übernatürlichen, einer Normalo mit Magie, die sie nicht zu benutzen weiß, und einem Teenager."

„Hey!" riefen Melony und ich unisono.

„Ich wüsste, wie ich meine Magie einsetzen könnte, wenn du es mir nur beibringen würdest", rief ich zu ihr hinüber.

„Und ich bin achtzehn. Das macht mich zu einer Erwachsenen!", protestierte Melony.

„Wenn du es sagst", murmelte ich laut genug, dass sie es hören konnte.

„Wenigstens stamme ich in direkter Linie von mächtigen Magiern ab!", schoss sie zurück.

„Wenigstens rette ich Leben, anstatt zu versuchen, es jemandem zu nehmen!"

„Na ja, zumindest habe ich …“

„Genug!“ Connie brüllte so laut, dass die Kronen der Bäume erzitterten.

Melony und ich beendeten augenblicklich unser Gezänk und verschränkten die Arme vor der Brust. Wieder in perfektem Gleichklang.

Wenn Sie denken, dass die Tatsache, dass ich ihr letzte Woche das Leben gerettet hatte, sie auf meine Seite gezogen hätte, dann haben Sie sich getäuscht. Sie war immer noch verärgert wegen unserer ersten Begegnung ein paar Tage davor –, jener, bei der sie und ihr Großvater versuchten, mich zu töten, ich aber überlebte und es schaffte, ihre teuflischen Pläne zu vereiteln. Es spielte nicht mal eine Rolle, dass ich den ganzen Weg nach Maine gefahren war, um sie aus einer seltsamen, paranormalen Geiselhaft zu befreien. Sie hasste mich immer noch abgrundtief. Diese Göre.

„Vampire sind stärker, schneller und schlauer als ihr alle zusammen. Sie sind auch viel schwieriger zu töten“, fuhr Connie fort.

„Moment, warum ist Greta eigentlich nicht hier?“, fragte Buckley, unser Kontakt zur Landwirtschaft.

„Du weißt, was ich vom Engel halte“, antwortete Connie mit steinerner Miene.

Ihre Anspannung entlud sich in massiven, wütenden Wellen, und wir wandten alle unseren Blick ab, um sie nicht noch weiter zu verärgern.

„Also, wie ich schon sagte, unter normalen Umständen hat keiner von euch eine Chance gegen einen Vampir. Deshalb müssen wir dafür sorgen, dass die Umstände nicht normal sind." Sie hielt inne, um ihre Worte sacken zu lassen.

„Die Aushilfe und ich waren heute Morgen in der Stadt, um Vanessa Vane zu treffen, und sie erwähnte, dass ihr Restaurant heute Abend eröffnet wird. Wenn es noch mehr Personen in ihrem Hexenzirkel gibt, habe ich keinen Zweifel, dass sie zu dieser Gelegenheit erscheinen werden. Was wir nicht wissen, ist, mit wie vielen fremden Vampiren wir es tatsächlich zu tun haben. Deshalb ist es umso wichtiger, auf alles vorbereitet zu sein."

Mr Fluffikins, der bis zu diesem Zeitpunkt untypisch ruhig gewesen war, hüpfte auf einen niedrigen Ast, um sich an die Gruppe zu wenden. „Bei dieser Sache hat Connie die Leitung. Ich erwarte von euch, dass ihr ihr das volle Maß an Respekt entgegenbringtt, das ihr normalerweise mir entgegenbringen würdet."

Ich begann leise zu kichern, überspielte es aber schnell, indem ich einen Hustenanfall vortäuschte.

„Tut mir leid", murmelte ich und hielt mir eine Hand vor den Mund, um das Lächeln zu verbergen, das nicht so schnell verschwinden wollte.

„Wir werden heute Abend während der Eröffnung reingehen." Connie hielt ihren drohenden Blick auf mich gerichtet, während sie sich an die gesamte Gruppe wandte. „Ich brauche die Hälfte von euch drinnen und die andere Hälfte draußen auf der Straße."

Parker hob die Hand. „Tawny und ich könnten reingehen und es wie ein Date aussehen lassen."

„Perfekt", stimmte Connie zu, und ein kleines Lächeln breitete sich auf ihren Lippen aus. „Melony, du kannst dich mit Buckley zusammentun und dasselbe tun."

„Aber er könnte mein Vater sein!", protestierte die achtzehnjährige Hexe.

Buckley zwinkerte ihr zu, was mir, Parker und dem alten Mann im Anzug ein Lachen entlockte.

„Ich verspreche, mich wie ein perfekter Gentleman zu benehmen", sagte Buckley und krempelte die Ärmel seines allgegenwärtigen karierten Hemdes hoch, als wolle er direkt zur Sache kommen. „Obwohl ich mir wahrscheinlich ein etwas Passenderes Outfit zulegen sollte."

„Genau das wollte ich auch gerade vorschlagen", sagte Connie.

„Muss ich auch etwas Schickes anziehen?" fragte ich, unsicher, ob mein Vampir-Outfit für eine Restaurant-Eröffnung in einer Kleinstadt geeignet war.

„Sie redet nicht über Kleidung." Buckley schenkte mir ein strahlendes Lächeln, und dann verschwand er mit einem „Puff" direkt vor meinen Augen.

13

Wie aus dem Nichts tauchte ein kleiner Spatz auf, flog zu dem Ast, auf dem Mr Fluffikins saß und ließ sich neben ihm nieder.

„Aber hallo, was ist da gerade passiert? Wo ist Buckley?", rief ich und drehte mich um, um nach ihm zu suchen.

„Entspann dich, ich bin ja da", zwitscherte der kleine Vogel. „Wusstest du nicht, dass ich ein Gestaltwandler bin?"

„Deshalb beaufsichtigt er die Landwirtschaft", erklärte Parker neben mir. „Es ist leicht für ihn, sich einen Überblick zu verschaffen, denn er kann sich in jedes beliebige Tier verwandeln, solange es in dieser Gegend heimisch ist."

Ich starrte den Spatz mit offenem Mund an. „Warum die Einschränkung? Kann Magie nicht alles bewirken?"

„Magie ist nicht dazu gedacht, aufzufallen und Aufmerksamkeit zu erregen. Sie kann nur im Verborgenen existieren", erklärt Parker.

„Genug", bellte die verantwortliche Vampirin. „Dies soll keine Lektion über Gestaltwandler für unsere einzige Normalo sein. Hier geht es um Vampire und darum, einen Plan zu schmieden, um sie aufzuhalten. Buckley, sieh dir das Gebäude mal an. Es ist das neue indische Restaurant an der Ecke Main und Grand. Versuche herauszufinden, mit wie vielen Vampiren wir es hier zu tun haben und komm erst zurück, wenn du brauchbare Informationen für uns hast."

Der Vogel nickte mit seinem niedlichen Köpfchen und flog davon. Bald verlor ich ihn zwischen den hohen dunklen Bäumen aus den Augen.

„Du bist eine Vampirin, Connie", sagte Parker mit einem schelmischen Grinsen. „Dann sag uns doch, wie wir dich töten können."

Connie entblößte ihre Reißzähne und fixierte Parker mit einem raubtierhaften Blick.

„Für Untote gelten andere Regeln", mischte der

alte Mann im Anzug sich ein. „Sonst würde ich ihnen einfach eine überziehen." Er tat so, als würde er etwas schwingen – vielleicht einen Baseballschläger – und imitierte das Geräusch des Zuschlagens.

Parker stupste mich am Arm und hatte auch dafür eine Erklärung. „Er ist unser Sensenmann."

Ein Sensenmann, oh!

Ich stellte mich auf die Zehenspitzen, um Parker etwas ins Ohr zu flüstern. „Wie ist sein Name?"

Er zuckte mit den Schultern. „Das ist die Sache. Keiner weiß es. Ich glaube nicht einmal er selbst."

„Wie kann er seinen eigenen Namen nicht kennen?", fragte ich, vielleicht ein wenig zu laut.

„Nenn mich einfach R", warf der alte Mann ein. „Und danke, dass du gefragt hast ... auch wenn nicht mich direkt."

„Wie ist es möglich, dass ...?"

„Alles ziellose Gequatsche muss aufhören!", rief Connie und ließ den Wald erneut erbeben.

Das nächste, was ich wusste, war, dass sie hinter mir stand und einen Arm in festem Griff um meinen Hals gelegt hatte. „Vampire sind schnell", sagte sie und sog hörbar die Luft neben meinem

Ohr ein. „Sie können dich mit einem einzigen Blick töten."

Dann ließ sie von mir ab und tauchte hinter Melony auf, um sie in den gleichen Würgegriff zu nehmen. „Also, was würdest du machen?"

Melony wand sich und zappelte in Connies Armen, konnte sich aber nicht befreien.

Diese lachte. „Vampire sind auch stark. Denkst du, du kannst dich mit einem messen und als Siegerin hervorgehen? Denk noch mal nach, Prinzessin."

Sie ließ Melony los, und die junge Hexe sackte zu Boden.

Als Nächstes griff Connie nach Parker, aber anstatt ihn zu packen zu bekommen, landete sie mit dem Gesicht nach unten auf dem Waldboden. Es ging alles so schnell, dass ich keine Ahnung hatte, wie er sie überwinden konnte.

„Sehr gut", lobte sie, sprang wieder auf die Beine und klopfte sich den Schmutz von den Kleidern ab. „Jetzt erzähl bitte den anderen, wie du das gemacht hast."

„Verliert nie das Ziel aus den Augen."

Connie nickte. „Gut. Was noch?"

„Nutzt ihre Geschwindigkeit gegen sie. Schnelle Bewegungen können zu harten Stürzen führen."

Im nächsten Moment stand sie hinter R. Er machte einen Schritt zur Seite, und Connie flog an ihm vorbei, zu schnell, um im letzten Sekundenbruchteil noch den Kurs ändern zu können.

„Ausweichtaktiken funktionieren ebenfalls", verkündete sie mit einem knappen Lächeln. „Bis zu einem gewissen Grad zumindest."

Sie flog nochmals auf R zu, aber er wich ihr erneut aus. Immer und immer wieder machte sie kehrt und stürzte sich auf ihn, bis sie es endlich schaffte, ihn zu packen.

„Seht", sagte sie verärgert. „Ausweichen ist ein Hinhalten, jedoch keine Strategie, mit der man gewinnt."

„Oh, ich hätte noch stundenlang so weitermachen können", verriet R mit einem Augenzwinkern, „aber ich dachte mir, je eher du deinen Standpunkt darlegen kannst, desto eher dürfen wir alle mit unserem Tagwerk fortfahren." Der alte Mann konnte sich wirklich schnell bewegen, wenn er wollte. Ich begann zu glauben, dass unser Sensenmann viel mehr auf dem Kasten hatte, als es auf den ersten Blick rüberkam.

Connie knurrte frustriert und stürzte sich dann erneut auf mich. Sie bewegte sich schnell, aber ich jetzt ebenfalls. Ich warf meinen Arm zurück und ballte eine Hand zur Faust.

Und die traf das Ziel.

„Autsch!", rief Connie, obwohl ich wusste, dass sie den Schmerz nicht spüren konnte. Vielleicht war sie so sehr daran gewöhnt, als Mensch aufzutreten, dass ihr diese Reaktion in Fleisch und Blut übergegangen war. Oder vielleicht war ihr Stolz so sehr verletzt worden, dass sie nicht anders konnte, als aufzuschreien.

Sie drehte sich um und kam zurückgeeilt. Dieses Mal schaffte sie es, mich zu überwältigen.

„Der Augenblick, wenn ihr übermütig werdet, ist der Augenblick, in dem ihr verliert", warnte sie und ließ einen zufriedenen und gleichzeitig hochmütigen Blick zwischen uns hin und herwandern.

Sie ließ mich los, stürzte sich aber weiterhin auf uns und attackierte einen nach dem anderen.

Wieder und wieder.

Und wieder.

Ich war nie ein sportlicher Mensch gewesen, aber dieses Training war ziemlich einfach, jetzt, da ich wusste, was zu tun war. Der Vampirzauber bedeutete auch perfekte körperliche Fitness. Ich konnte nicht müde werden, mich verletzen oder langsamer werden.

Connie jedoch ebenfalls nicht.

Und unsere Feinde ebenso wenig.

Obwohl hilfreich, bezweifelte ich, dass dieser Trainingsnachmittag tatsächlich ausreichen würde, uns auf einen Sieg vorzubereiten.

Oh, wie sehr hoffte ich, dass ich damit falsch lag.

14

onnies Übungen dauerten so lange, dass die Nicht-Vampire unter uns deutliche Anzeichen von Ermüdung zeigten. Ihre Erfolgsquote, Connie zu besiegen, war anfangs rapide in die Höhe geschnellt und nahm nun deutlich und kontinuierlich ab. Was mich dazu brachte, mich zu fragen, ob es zu diesem Zeitpunkt überhaupt noch etwas brachte.

„Ähm, vielleicht sollten wir uns alle vor der Mission heute Abend noch etwas Ruhe gönnen?", schlug ich vor, während Connie gerade Melony im Klammergriff hielt.

„Vampire brauchen keine Ruhe!", fauchte sie.

„Menschen und Hexen schon", betonte Parker.

Ich blickte voller Neugierde hinüber zu R.

Der lächelte nur und zuckte mit den Schultern. „Sensenmänner sind nicht wie Vampire oder Menschen oder irgendetwas oder irgendjemand anderes. Macht euch keine Sorgen um mich. Ich komme schon klar."

„Ich mache mir um euch alle Sorgen", brummte Connie. „Unsere Chancen stehen nicht gut, besonders wenn wir es mit einem kompletten Hexenzirkel zu tun haben sollten."

Aus den Tiefen des Waldes ertönte ein Rascheln der Blätter. Connie und ich drehten uns beide in die Richtung, aus der das Geräusch kam, aber die anderen schienen nichts zu hören, bis es näher kam.

Ein großer, hellbrauner Rehbock mit einem massiven Geweih rannte direkt auf uns zu, seine Hufe schlugen hart auf die Erde, als er sich uns näherte.

„Buckley, erstatte Bericht", rief Fluffikins von der Stelle des Baumes her, auf der er die meiste Zeit des Tages geschlafen hatte. Ich hatte gar nicht mitbekommen, dass er aufgewacht war, bis er zu sprechen begann.

Als mein Blick von der Katze wieder auf das Reh fiel, stellte ich fest, dass dieses verschwunden war und Buckley an seiner Stelle stand.

Oh, jetzt hatte auch ich es kapiert.

Bock. Buckley. Alles klar.

Zum Glück brachte ihn seine Verwandlungsmagie vollständig bekleidet zurück. Ich glaube nicht, dass ich es verkraftet hätte, ihm – oder irgendjemand anderem – inmitten dieser chaotischen Zustände so intim gegenüberzustehen.

Zusätzlich zu seinem Flanellhemd und seiner Jeans trug Buckley jedoch auch noch ein riesiges Stirnrunzeln im Gesicht. Und das beunruhigte mich.

„Sprich", forderte Connie ihn auf, als er zu lange zögerte.

„Gar n-nicht gut", stotterte er schließlich. „Ich habe mindestens vier weitere Vampire gezählt, die sich dem ersten angeschlossen haben."

„Kommen noch mehr?", hakte sie nach. „Hast du etwas von ihren Plänen mitbekommen?"

„Das ist alles noch unsicher. Unabhängig davon sollten wir schnell handeln, um das Risiko zu minimieren."

Fluffikins sprang vom Ast herunter und kam auf uns zu. „Einverstanden", sagte er, ging an unserer Gruppe vorbei und steuerte auf den Rand des Waldes zu.

„Um wie viel Uhr machen sie heute Abend auf?", fragte Connie.

„Sieben", antwortete Buckley, begierig darauf zu beweisen, dass er wenigstens ein paar Antworten mitgebracht hatte.

„Dann planen wir, um halb acht dort zu sein. Unsere vier Innenmänner sind entlassen. R, komm mit mir und Fluffikins ins Hauptquartier, damit wir unsere Vorgehensweise draußen festlegen können."

Melony verschränkte die Arme vor der Brust und stampfte auf dem Boden auf. „Ähm, Männer? Wir leben im einundzwanzigsten Jahrhundert, verehrte Frau Vampirin. Vielleicht könntest du versuchen, ein wenig mehr nach Geschlechtern zu unterscheiden?"

„Oh, habe ich etwa deine sterblichen Gefühle verletzt?", spottete Connie und zog die Augenbrauen hoch. „Leb du erst mal ein paar Jahrhunderte und sag mir dann, wie wichtig dir die heutigen gesellschaftlichen Konventionen sind. Wie ich schon sagte: Ihr seid hiermit entlassen. Zwing mich nicht, meinen Befehl ein drittes Mal zu wiederholen."

„Oder was?", entgegnete Melony herausfordernd und stemmte trotzig eine Hand in ihre Hüfte.

„Okay, das reicht jetzt. Komm schon, Melony."

Ich legte ihr einen Arm um die Schultern und zwang sie, mit mir den Wald zu verlassen.

„Lass mich los!", brüllte sie, aber dank meiner Vampirmagie konnte sie sich nicht aus meinem starken Griff befreien. Obwohl noch unerfahren, war ich genauso stark und schnell wie Connie.

Was meine Person betraf, war ich für heute Abend zuversichtlich, aber was war mit Melony? Parker? Den anderen?

Die Hexen schienen so verwundbar. Selbst Buckley wäre als Gestaltwandler im Nachteil. Bis jetzt hatte ich nur gesehen, wie er sich in einen Spatz und ein Reh verwandelte. Parker hatte gesagt, er könne sich nur in einheimische Tiere transformieren, und ich bezweifelte, dass er als Wolf oder Alligator inmitten eines vollen Restaurants oder einer belebten Straße weit kommen würde.

Ich verstand immer noch nicht ganz, wo Fluffikins Stärken lagen, auch wenn ich wusste, dass er ein mächtiger Zauberer war. Eine gute Offensive bedeutete aber nicht zwangsläufig eine überlegene Verteidigung. Nach allem, was mir bekannt war, könnte er der Gefährdetste von uns allen sein.

Umso wichtiger war es, dass Connie und ich die Führung in dieser Sache übernahmen.

Wir zwei gegen mindestens fünf Vampire, die

vermutlich schon wussten, wie man gut zusammenarbeitet und viel mehr Zeit hatten, sich einen Plan zurechtzulegen ... Das waren keine optimalen Voraussetzungen.

Aber wenn die APZ nicht erfolgreich war, wäre jeder in der Stadt in Gefahr. Ich wusste nicht, wie oft sich Vampire nährten, bezweifelte jedoch, dass irgendjemand in Beech Grove scharf darauf war, sein Leben an ein nächtliches Raubtier zu verlieren.

Wenn sie sich auch nur eine einzige Person nähmen, wäre das schon zu viel.

Wir mussten gewinnen.

Oder beim Versuch sterben.

Es fühlte sich an, als sei eine Ewigkeit vergangen, seit ich im Hauptquartier aufgetaucht war und gehofft hatte, einen Korb voller Steaks gegen eine einzelne Antwort eintauschen zu können. Jetzt hatte ich mehr Fragen als je zuvor, und ich würde vielleicht nicht mehr lange genug leben, um diese zu bekommen.

15

Parker tauchte um Punkt sieben Uhr vor meiner Tür auf.

„Bereit für unser großes Date?", fragte er, wobei sich Hoffnung in seinen hellen Augen spiegelte. Er sah gut aus in seinem marineblauen Anzug und den Slippern, aber ich wünschte mir mehr als alles andere, er wäre zu Hause geblieben und hätte Connie und mich diese Sache allein austragen lassen.

Er, Melony und die anderen würden in diesem Kampf nur eine Belastung darstellen. Obwohl mein Vampirfluch mich davon abhielt, ihn wegen einer fehlgeleiteten emotionalen Bindung beschützen zu wollen, wollte ich trotzdem kein zusätzliches Risiko eingehen. Wenn er mir in die Quere käme oder etwas vermasselte, würde ich vermutlich selbst sterben.

Und wie Connie bereits festgestellt hatte, war ich ein junger und unerfahrener Vampir – eigentlich gar kein richtiger Vampir. Alles hatte sich ja schon gegen uns verschworen.

„Nun, ich bin bereit genug für uns beide", sagte Parker mit einem verträumten Seufzer, als ich nicht antwortete. „Du siehst wunderschön aus, Tawny."

Ich verdrehte die Augen. „Das ist kein Date. Es ist ein Auftrag, und ein wichtiger noch dazu."

„Warum kann es nicht gleichzeitig auch ein Date sein?", fragte er mit einem zaghaften Lächeln.

Ich öffnete den Mund, um etwas darauf zu sagen, aber er unterbrach mich.

„Ich weiß, ich weiß. Du bist jetzt ein großer, böser Vampir. Aber das wird nicht ewig so bleiben, Tawny. Hoffentlich können wir diese Sache heute Abend beenden, und du kannst wieder du selbst sein. Dann führe ich dich zu einem richtigen Date aus. Eines, zu dem du wirklich gehen willst."

„Wir müssen uns auf das konzentrieren, was jetzt getan werden muss", erinnerte ich ihn, während ich mich hinsetzte und in meine roten Pumps schlüpfte. Sie waren das einzige Paar schöner Stilettos, das ich besaß. Ich hatte sie mit einem schwarzen, hochgeschlossenen Maxikleid kombiniert, wobei ich peinlichst darauf achtete, dass mein Brustpanzer darunter verborgen blieb. Fluffikins sagte, er würde mich beschützen. Connie hingegen meinte, der Kater würde sich das nur einbilden. Letztendlich kostete es mich nichts, das Ding zu tragen, da ich weder Schmerz noch Unbehagen empfand, während ich unter dem Einfluss des Vampirzaubers stand. Deshalb beschloss ich, auf Nummer sicher zu gehen und es so lange anzulassen, bis Fluffikins mich aufforderte, es ihm zurückzugeben.

Ich hoffte, dass Vanessa mich nicht sofort wiedererkannte, aber mir war klar, dass ich mit meinem kaugummirosa Haar in der Menge hervorstechen würde. Das wäre aber auch nicht so schlimm. Wenn diese Vampirin sich auf mich konzentrierte, würde es Connie sicher leichter fallen, sich anzuschleichen und sie zu überrumpeln.

So oder so, ich war startklar.

„Was dagegen, wenn ich fahre?", fragte Parker, als ich mir meine Handtasche schnappte und auf die Veranda hinaustrat.

Ich gab ihm ein Zeichen, dass ich einverstanden war. „Sicher, warum auch nicht."

Als ich sah, wie er auf die Beifahrerseite zuging, kam ich ihm schnellen Schrittes zuvor. „Ich kann meine Tür selbst öffnen, danke."

Er lachte leise.

„Was ist so lustig?", fragte ich, als er sich auf den Fahrersitz sinken ließ und die Tür schloss.

Parker musterte mich einen Moment lang, dann schüttelte er den Kopf. „Mach dir keine Gedanken darüber."

Er hob die Hand, um den Schlüssel ins Zündschloss zu stecken, aber ich umklammerte sein Handgelenk und zwang ihn, mich anzuschauen. „Sag's mir."

Seufzend raufte er sich die Haare, wobei er das Gel, das er aufgetragen hatte, bevor er mich abholte, verschmierte. „Es ist nur so, dass du du bist, aber auch wieder nicht. Es ist, als ob ich sowohl Tawny hier bei mir hätte und gleichzeitig auch wieder nicht."

Ich zog eine Augenbraue hoch und versuchte, nicht zu grinsen. „Du willst also sagen, dass ich Schrödingers Vampir bin?"

Er brach in schallendes Gelächter aus. „So ähnlich."

„Das war kein Scherz", sagte ich, ließ von ihm ab und verschränkte dann die Arme vor der Brust.

„Ich weiß", antwortete Parker, während er das Auto startete. „Ich schätze, das geschieht mir recht, hm? Ich habe dich tagelang gemieden, weil ich dachte, ich mache das Richtige. Alles, was ich wollte, war, dass du in Sicherheit bist, aber jetzt bist du hier, Schrödingers Vampir, der in hochhackigen Schuhen in den Krieg zieht."

„Ich treffe gerne meine eigenen Entscheidungen", murmelte ich.

„Jetzt, da wir uns in diesem Punkt einig sind, werde ich dir noch jede Menge Gelegenheiten dazu geben", versprach er. „Das heißt, du wirst mich zukünftig noch viel öfter sehen."

Ich wandte mich zum Fenster, um ihn nicht ansehen zu müssen. „Nein, danke."

„Das ist nur der Vampir, der da aus dir spricht", sagte er. „Die echte Tawny will das Date, das ich vorgeschlagen habe. Da ist etwas Besonderes zwischen uns. Es war von Anfang an da. Und sie weiß es."

„Ja, nun, ich schätze, das Besondere zwischen uns ist mit mir gestorben", murmelte ich. Das war etwas, worüber ich mich gewundert hatte, seit Fluffikins mir diesen neuen Zauber verpasst hatte. War ich tot? Untot? Etwas ganz anderes?

Parker beantwortete die Frage an meiner statt.

„Du bist nicht tot, Tawny. Du bist nicht einmal untot."

Ich drehte mich wieder zu ihm um, aber er behielt die Straße im Auge. „Ist es nicht das, was es heißt, ein Vampir zu sein?"

„Du bist keine richtige Vampirin", sagte er mit fester Stimme. Vielleicht um mich zu beruhigen, vielleicht aber auch, um sich selbst daran zu erinnern. „Du bist nur für eine Weile als solche verkleidet."

„Nur wenn wir Erfolg haben", wies ich ihn darauf hin. „Die Chancen stehen schlecht, das sollte dir ebenfalls bewusst sein."

„Das mag stimmen, aber hier gibt es kein Wenn. Wir werden Erfolg haben."

Ich neigte den Kopf zur Seite und überlegte. „Was macht dich dessen so sicher?"

Er grinste mich breit an und zwinkerte mir zu. „Weil das die einzige Möglichkeit ist, dass du diesem Date zustimmst. Was bedeutet, dass ich dafür sorgen werde, dass wir diese Sache gewinnen. Du kannst auf mich zählen, Tawny, auf das, was wir haben."

Tja, wir würden ja sehen ...

16

Unsere Fahrt dauerte nicht einmal drei Minuten. Einer der Gründe, warum ich mich entschieden hatte, mein Cottage zu mieten, war die Nähe zum Stadtzentrum. Ich schätze, Parker wollte einen Fluchtwagen parat haben, weshalb er beschloss, uns dorthin zu fahren. Er lenkte den Wagen auf den Parkplatz ein paar Blocks von Vanessas Restaurant entfernt, und wir beide saßen wartend an Ort und Stelle, bis Fluffikins auftauchte und uns ein Zeichen gab, uns in Bewegung zu setzen. Mir war nicht klar gewesen, dass wir auf sein Stichwort warteten, Parker jedoch offensichtlich schon.

„Hast du einen detaillierteren Ablaufplan über die Mission bekommen als ich?", fragte ich frustriert, als wir uns einen Weg über den geschotterten Platz bahnten.

Er schlenderte gemächlich auf unser Ziel zu, und ich musste mich beinahe zwingen, mit ihm Schritt zu halten.

„Ja. Fluffikins kam heute Nachmittag vorbei, um mit mir zu reden und mir mehr über den Plan zu erzählen, den er, Connie und R im Hauptquartier ausgeheckt haben. Soweit ich weiß, hat er auch Buckley einen Besuch abgestattet."

„Aber Melony und mir nicht?" Ich weiß nicht, warum ich mir Sorgen machte, dass Melony außen vor bleiben könnte. Ich hatte sie schon gehasst, lange bevor dieser Vampirfluch zuschlug. Trotzdem, fair war fair ... und unsere momentane missliche Lage war alles andere als das.

Parker runzelte die Stirn. „Du und Melony, ihr seid noch sehr unerfahren. Es wäre nicht angemessen, euch zu viel aufzubürden."

„Aber es ist fair, uns bei der Planung außen vor zu lassen?", erwiderte ich erbost.

„Hier geht es nicht um Fairness", flüsterte er, als wir uns dem Restaurant näherten und begannen, uns unter die anderen Fußgänger auf der Straße zu mischen. „Sondern darum, den Job zu erledigen. Jetzt nimm meine Hand und schau so drein, als wärst du glücklich, mit mir zusammen zu sein."

Ich verschränkte meine Finger mit seinen, obwohl es mir ganz und gar nicht passte, dass er mir sagte, was ich tun sollte. Dann zog er die Tür auf und ließ mich als Erste eintreten.

Eine lächelnde Kellnerin begrüßte uns. Keine Reißzähne, was bedeutete, dass sie entweder noch kein Vampir war oder noch zu jung, um ihre Kräfte voll ausschöpfen zu können.

„Willkommen zur großen Eröffnung vom Bollyweird. Wir bieten eine gewagte, neue Interpretation traditioneller indischer Aromen. Ein Tisch für zwei?"

„Bitte", antwortete Parker und erwiderte ihr Lächeln.

Die junge Frau schnappte sich zwei Speisekarten und führte uns an einen Tisch im hinteren Bereich des Lokals, in der Nähe des silbernen Buffets, das mir bei meinem morgendlichen Besuch mit Connie schon aufgefallen war.

„Scheint einiges los zu sein", sagte Parker und zog einen Stuhl für mich heraus.

Ich nahm Platz, entfaltete eine Stoffserviette und legte sie mir auf den Schoß. „Dieses Lokal ist praktisch über Nacht aus dem Boden geschossen.

Ich frage mich, wie sie es geschafft haben, es so schnell bekannt zu machen“, merkte ich an, während ich die volle Gaststätte betrachtete.

„Nun, Vamp … ich meine … nennen wir sie einfach Vegetarier“, sagte Parker mit einem schiefen Grinsen. „Vegetarier können sehr charmant sein, wenn sie es wollen. Es fällt ihnen leicht, andere in ihren Bann zu ziehen.“

Mir lief ein Schauer über den Rücken. Könnte ich das auch tun? Und wenn jetzt noch nicht, dann möglicherweise bald? Würde ich mich an dieser neu gefundene Macht berauschen? Ich schüttelte den Kopf und flüsterte: „Ich fange an zu glauben, dass es nicht viel gibt, was Vegetarier nicht tun können.“

„Ja, genau deshalb sind sie so ein Problem.“

„Um ehrlich zu sein, wüsste ich nicht, wie jemand außer mir oder Connie eine Chance gegen sie haben sollte.“

Parker erwiderte mit leichtem Spott. „Du bist erst seit zehn Stunden Vegetarier und hältst dich schon für etwas Besseres als ich?“

Ich nahm die laminierte Speisekarte in die Hand und schlug sie auf. „Das ist keine emotionale Sache. Ich nenne hier lediglich Fakten.“

„Mag sein, aber du hast gar nicht genug Informationen, um eine so konkrete Schlussfolgerung ziehen zu können."

Dann erschien die Kellnerin, gekleidet in einen tiefvioletten Sari mit goldenen Verzierungen, einen Notizblock in der Hand haltend. *Auch kein Vampir*, stellte ich fest. Es schien ihr schwer zu fallen, sich zwischen den Tischen zurechtzufinden.

„Meine Begleitung und ich nehmen das Buffet", verkündete Parker, bevor ich überhaupt Gelegenheit hatte, die Vorspeisen zu studieren. „Vorausgesetzt, Sie haben eine geeignete Auswahl für Vegetarier?"

Ich versetzte ihm unter dem Tisch einen Tritt gegen das Schienbein, während ich die Kellnerin anlächelte. Wir mussten unsere Tarnung wahren und er wusste das, weshalb er mich neckte. *Uhh.*

„Oh, ja. Wir sind ja geradezu auf vegetarische Küche spezialisiert", antwortete die Angesprochene in einem singendem Tonfall. „Ich bin gleich wieder da mit Ihrem Wasser. Bedienen Sie sich ruhig am Buffet. Guten Appetit!"

„Nach dir.", Parker bedachte mich mit einem süffisanten, zufriedenen Blick.

Ich erhob mich vom Tisch und bemühte mich, nicht zu zeigen, wie irritiert ich von meinem „Date" war. Er folgte mir und versuchte sogar, meine Hand zu ergreifen, aber ich weigerte mich, sie ihm zu überlassen.

Jeder von uns nahm sich einen Teller aus dem Warmhalter, dann reihten wir uns in die Schlange vor der Speisenausgabe ein. Wann immer ich in New York oder einer anderen großen Stadt war, um mich mit meinem Verleger zu treffen oder eine Buchsignierung abzuhalten, genoss ich es, indisch essen zu gehen. In dem ländlichen Georgia fühlte sich ein solches Restaurant irgendwie fehl am Platz an, aber wer war ich, das zu beurteilen? Ich wusste so gut wie nichts über die Gastronomiebranche.

Ich ging mit einem Seufzen am Butterhähnchen vorbei. Normalerweise war das mein Lieblingsgericht, aber Parker hatte der Kellnerin ja gesagt, dass ich Vegetarierin sei, und ich wollte nicht wegen eines so kleinen und unwichtigen Details Verdacht auf uns lenken. Also bediente ich mich stattdessen beim Kichererbsen-Curry, verschiedenen Paneer-Gerichten und packte mir einen riesigen Stapel Naan auf den Teller.

Hatte ich tatsächlich Hunger? Nein.

Wollte ich mir die Gelegenheit entgehen lassen, mir mit so lecker aussehendem Essen den Bauch vollzuschlagen? Auf gar keinen Fall!

Sobald wir wieder saßen, riss ich ein Stück von

dem Naan ab und fügte einen Löffel Curry hinzu, bevor ich den gewaltigen Happen in meinen Mund steckte.

In dem Moment jedoch, als das Essen meine Zunge berührte, schnappte ich mir die Serviette von meinem Schoß und spuckte den gesamten Bissen hinein.

„Rühr deinen Teller nicht an", flüsterte ich Parker warnend zu. „Mit dem Essen stimmt was nicht."

17

„Was ist los?", fragte Parker und setzte glücklicherweise seinen Löffel ab, ohne das kompromittierte Essen zum Mund zu führen.

„Lass dir nichts anmerken ..." Ich lehnte mich über den Tisch, um ihm etwas zuzuflüstern. „Aber ich bin mir ziemlich sicher, dass die Speisen vergiftet sind."

„Woher willst du das wissen?", fragte er in voller Lautstärke.

„Es schmeckt ..." Ich drehte meine Hand im Handgelenk vage hin und her, suchte nach dem richtigen Wort.

„Seltsam?" Er zog eine Augenbraue hoch. „Es steckt im Namen, schon vergessen? BollyWEIRD."

Ich schüttelte den Kopf und ließ mich in meinen Stuhl zurückfallen. „Nein, irgendetwas stimmt nicht. Ich weiß nicht genau, was, aber irgendwas ist nicht okay. Ich kann es schmecken."

„Du hast aber noch nichts gegessen, seit du, äh, Vegetarier bist, oder? Vielleicht bist du einfach nur überwältigt von all den Aromen und davon, wie sie sich auf deine geschärften Sinne auswirken", gab Parker zu bedenken. Ich verstand seine Argumentation, aber es ärgerte mich trotzdem, dass er mir nicht einfach glauben wollte. Wir verloren hier wertvolle Zeit.

Ich erinnerte mich daran, was er darüber gesagt hatte, dass Vampire Menschen zu sich hinziehen konnten, und wählte meine nächsten Worte sorgfältig. Könnte ich meine Magie einsetzen, um alle Streitereien zu beenden?

„Da ist etwas drinnen, das nicht da sein sollte. *Vertrau mir.*" Ich betonte den letzten Befehl extra und schmeckte quasi jede Silbe, die mir über die Zunge rollte.

Parker griff über den Tisch und legte seine Hand auf meine. „Ich glaube dir", gab er schließlich zu. Hatte ich ihn mit meiner Magie umgestimmt? Ein Teil von mir wollte es nicht wissen.

den Augen, bereit, den Angriff abzublocken, aber während ich mich auf diese Bedrohung konzentrierte, zog meine Gegnerin einen Holzpflock aus ihrer Schürze und stieß ihn mir direkt in meine Brust.

18

ch keuchte überrascht auf, spürte aber keinen Schmerz. Ein Pflock ins Herz hätte mich eigentlich töten müssen, richtig?

Meine Augen und die von Vanessa wanderten nach unten zu der Stelle, wo der Pfahl meine Brust berührte. Das Holz war direkt bis dorthin gesplittert, wo Vanessa die Waffe in ihrer Faust festhielt.

Es war nicht in mein Herz eingedrungen.

Der Brustpanzer!

Dieses alberne kleine Accessoire hatte dem Angriff standgehalten und mir dadurch sehr wahrscheinlich das Leben gerettet.

Unsere Blicke trafen sich, und Vanessa holte mit ihrem anderen Arm aus, dem, dessen Hand nach wie vor das Messer umklammerte. Ich wich aus, nicht gewillt, meinen Kopf oder ein anderes Körperteil zu verlieren. Die würde ich noch brauchen, wenn ich wieder ein Mensch war.

Allerdings vergaß ich, mich auf meine neue Kraft einzustellen, und prallte mit zu viel Wucht gegen eine noch dampfende Industriespülmaschine aus Edelstahl.

Nein, nein, nein, nein!

Ich musste wieder auf die Beine kommen, bevor Vanessa sich erneut auf mich stürzen konnte. Ich befand mich jetzt eindeutig im Nachteil. Diese Bollyweird-Vampire hatten mehr Erfahrung, waren in der Überzahl und hatten eine bessere Ausgangsposition.

Ich war erledigt.

Zumindest wäre ich es gewesen, wenn nicht plötzlich die Tür mit einem gewaltigen Knall aufgestoßen worden und ein mächtiger, magischer Nebel in die Küche geweht wäre. Ein großer Mann in einem dunkelblauen Anzug und Slippers kam hinterher gestürmt.

Parker!

Ich wollte zu ihm gehen, seine Hand ergreifen, mich dafür entschuldigen, dass ich ihn für eine Belastung hielt, und ihm danken, dass er mein Leben gerettet hatte. Nein, ich liebte ihn immer noch nicht, empfand nichts für ihn, dass diesem Gefühl auch nur im Entferntesten glich. Aber ich war unglaublich dankbar dafür, dass ich noch einen Kopf hatte, und einen weiteren Tag in dieser verrückten Welt leben durfte.

Allerdings gab es ein Problem: Ich war wie erstarrt. So sehr ich auch kämpfte und mich abmühte, konnte ich nicht einmal mit der Wimper zucken.

„Tawny! Tawny!", rief Parker, während er sich an den Vampirköchen vorbeizwängte, die alle in perfekter Bewegungslosigkeit verharrten.

Alle Anstrengung war vergebens, ich konnte nicht mal antworten. Zum Glück dauerte es nicht lange, bis er mich auf dem klebrigen Fliesenboden neben der Spülmaschine fand.

„Tawny!", rief er, legte eine Hand auf meine Brust und befreite mich von dem Bann, den er mir auferlegt hatte.

Ich ließ mir von ihm in eine aufrechte Position helfen, obwohl ich jetzt, wo der magische Nebel sich verflüchtigt hatte, keine Hilfe mehr brauchte.

Er suchte mich nach Wunden ab, sein Atem ging panisch, sein Herz klopfte wie wild. „Als du nicht zurückkamst, wurde mir klar, dass du wahrscheinlich losgezogen bist und es allein mit dem

Hexenzirkel aufnehmen wolltest. Und sieh an, ich hatte recht." Er lächelte mich liebevoll an, obwohl seine Stirn weiterhin vor Sorge gerunzelt war.

„Woher wusstest du das?", fragte ich. Ich dachte, ich hätte ihn ausgetrickst, den perfekten Plan geschmiedet, um die Chancen unseres Teams auf den Sieg zu erhöhen.

„Weil ich dich kenne. Dein wahres Selbst." Er nahm meine Hand in seine und küsste sie.

„Bedeutet das, ich bin nicht mehr Schrödingers Vampir?", fragte ich mit einem schiefen Grinsen.

„Ich weiß nicht, was genau du bist. Nur, dass du ziemlich spektakulär bist."

„Und mutig?", schlug ich vor.

„Ich denke, töricht ist vielleicht das bessere Wort für deine Aktion", erwiderte er. „Aber im Ernst. Ist alles in Ordnung mit dir?"

„Mir geht es gut", antwortete ich und klopfte auf meine Brustplatte. „So gut wie neu, dank diesem Baby."

Er runzelte die Stirn und legte seine Hand noch einmal auf meine Brust. „Ist es das, was du heute Morgen bereits getragen hast? Dieses Halsband? Wofür ist das?"

„Um mich davor zu bewahren, ins Herz gepfählt zu werden, und offensichtlich hat es funktioniert. Connie sollte sich wirklich überlegen, ihres auch öfters anzuziehen." Ich hatte mich bei etwas Wichtigem geirrt, sie allerdings ebenfalls. Auch wenn Vampire klug und stark waren, hatten sie nicht immer recht, und sie waren nicht die Einzigen, die über wertvolle Fähigkeiten verfügten.

Parker schien verwirrt. „Darf ich es sehen?", fragte er und machte einen Schritt zurück, um mir etwas Platz zu machen.

„Na ja, im Moment steckt es ganz tief in meinem Ausschnitt, von daher …"

Er grinste überheblich, dann benutzte er seine Magie, um die Rüstung hinter meinem Hals und an meiner Taille zu lösen. Einen Moment später glitt sie durch mein Kleid und schwebte in seine Hände.

„Scheint, als hättest du damit Erfahrung", witzelte ich mit einem ziemlich unangemessenen Schnauben.

Aber Parker erwiderte nichts darauf. Er machte nicht einmal einen Witz.

„Hat Fluffikins dir das gegeben?", fragte er und fuhr mit den Händen über das Metall.

Ich nickte und ließ ihn nicht aus den Augen, während er die Rüstung begutachtete. „Um mich zu beschützen."

„Nein, das ist nicht der wahre Grund." Er schüttelte den Kopf. „Ich habe es vorhin in meinem Büro nicht bemerkt, war zu sehr von meinen Gefühlen überwältigt, um klar denken zu können."

Ich ignorierte den Teil mit den Gefühlen und zog es vor, mich auf die Fakten zu konzentrieren – oder zumindest auf die Fakten, wie Parker sie jetzt sah. „Was erkennen? Was stimmt nicht damit?"

„Das ist keine Rüstung, die dich schützt", flüsterte er. „Sie ist eigentlich dazu gedacht, deine Zauberkräfte zu dämpfen."

Ich schnaubte wieder. „Ich bitte dich, das ist lächerlich. Ich kann meine Magie sehr gut einsetzen."

„Deinen Vampirzauber", korrigierte er mich. „Diese Legierung hier ist nicht dafür gedacht, diesen zu dämpfen. Sie wirkt sich auf deine Hexenmagie aus."

Jetzt war ich wirklich verwirrt. „Aber die habe ich doch nicht mehr. Schon vergessen? Fluffikins hat sie zurückgenommen."

Parker half mir auf die Füße und legte den Brustpanzer auf einem der Küchentresen ab. „Hat er das? Wann hast du das letzte Mal versucht, sie zu benutzen?"

„Gar nicht mehr, weil ich ja wusste, dass ich sie nicht mehr habe." Ich blickte mich in der Küche um und musterte Vanessa und die vier anderen Mitglieder ihres Hexenzirkels zögernd. Sie mochten zwar wie erstarrt sein, wirkten aber immer noch sehr lebendig und wütender als je zuvor.

„Versuch mal, sie jetzt zu benutzen", drängte Parker, der sich nur auf mich konzentrierte.

Ich starrte auf meine Hände hinunter. Konnten sie noch zaubern? Magische Sprüche Realität werden lassen?

Er rannte quer durch die Küche, die Augen immer noch auf mich gerichtet. „Hier, wir können die Köche in diesen Kühlraum packen und ihn magisch versiegeln, bis wir bereit sind, sie ins Hauptquartier zu bringen."

„Du willst, dass ich das alles mache?" Ich sträubte mich.

„Nein, öffne einfach nur die Tür. Eine Kleinigkeit. Jetzt, wo du den Dämpfer nicht mehr trägst, kannst du es tun. Tawny, schau mich an."

Er wartete, bis meine Augen die seinen trafen.

„Ich glaube an dich", sagte er, und das war alles, was ich hören musste, um zu begreifen, dass seine lächerliche Behauptung tatsächlich wahr sein könnte. Dass ich irgendwie eine Hexe und ein Vampir und gleichzeitig ich selbst war.

Ich holte tief Luft und hob die Arme ...

19

Die Tür schwang mit unerwarteter Wucht auf und knallte hart gegen die Wand. Ich starrte völlig verblüfft in den begehbaren Kühlraum. *Das ging auf mein Konto?*

„Ich hab's dir doch gesagt", triumphierte Parker, rannte auf mich zu und nahm mich in den Arm. „Du bist kein Normalo, Tawny."

„Aber was bin ich dann?", keuchte ich, immer noch unfähig zu glauben, dass ich meine temporäre Hexenmagie die ganze Zeit über besessen hatte, ohne es zu wissen.

„Ich weiß nicht", murmelte er in mein Haar.

„Aber Fluffikins schon." Jeder Muskel in meinem Körper spannte sich an. Der Kater wusste, was ich war, und hatte es mir wissentlich vorenthalten. Und damit quasi mein Leben aufs Spiel gesetzt. Dafür würde er geradestehen müssen. Das schwor ich mir.

„Wenn er es dir verheimlicht hat, hatte er gewiss seine Gründe dafür“, sagte Parker und strich mit seinen Händen meine Arme rauf und runter. „Was auch immer du bist ... definitiv kein Vollvampir. Was bedeutet, dass der Fluch dich nicht auf die gleiche Weise beeinflusst.“

„Das heißt, ich kann immer noch lieben?“, fragte ich, nicht sicher, was ich von all dem halten sollte. Ich war so darauf konzentriert gewesen, meinen Vampirzauber in den Griff zu bekommen und den neuen Hexenzirkel zu stoppen, dass ich gar nicht großartig darüber nachgedacht hatte, wie es mit mir und Parker weitergehen könnte.

„Vielleicht nicht unbedingt lieben.“ Er drückte meine Hand und atmete tief ein, bevor er fortfuhr. „Wenn du die Hexenmagie behalten hast, könnte es sich mit dem Vampirzauber ähnlich verhalten. Ich weiß nicht, was das bedeutet und wie sie langfristig aufeinander reagieren werden. Was ich allerdings weiß, ist, dass die Regeln für dich nicht zu gelten scheinen. Du bist anders.“

„Ja, das sagst du ständig." Ich biss mir auf die Unterlippe und wünschte mir in diesem Moment so sehr, ich könnte in meiner jetzigen Verfassung Schmerz empfinden. Aber nein. Zumindest noch nicht. „Und was jetzt?", fragte ich und fürchtete mich vor den Antworten, die er mir geben könnte.

„Wir nehmen die Bollyweird-Vampire gefangen. Finden heraus, warum sie es auf uns abgesehen haben. Du erledigst deinen Job. Bringst Fluffikins dazu, dir die Wahrheit zu sagen." Seine Worte wurden leiser.

„Und dann?" Meine Stimme zitterte.

„Keine Ahnung", antwortete er mit einem leichten Kopfschütteln.

Wir umarmten uns noch ein paar Augenblicke länger. Seine Nähe erfüllte mich nicht mehr so wie früher, spendete mir jedoch trotzdem Trost, während ich mich auf das vorbereitete, was, wie ich wusste, als Nächstes passieren musste.

Ob wir nun alle Mitglieder des fremden Zirkels töten, sie für immer gefangen halten oder einfach nur ihre Erinnerungen auslöschen würden ... die Abrechnung stand bevor. Tief in meinem Inneren war mir das klar.

Erst der tödliche Kampf um die Stadthexe.

Dann die Entführung der Feldagenten, Fluffikins und Melony, durch eine in Maine ansässige magische Mafia. Und jetzt das? Es passierte zu viel zu schnell in einer solch kleinen Stadt im ländlichen Georgia, als dass es sich bei diesen Ereignissen um Zufälle handeln konnte.

Fluffikins wusste, dass ich anders war. Vielleicht taten das auch andere?

Oder hatten sie es auf etwas gänzlich anderes abgesehen, und ich hatte einfach das Pech gehabt, in diese Sache verwickelt zu werden?

Ich wünschte, ich wüsste es …

„Hilf mir, die Typen einzusammeln und da reinzustopfen", sagte Parker und löste sich mit einem resignierten Seufzer von mir.

Ich beobachtete, wie er eine Zauberranke um den ersten Vampirkoch wickelte und ihn in den Kühlraum verfrachtete. Dann nahm er sich den nächsten vor und bahnte sich seinen Weg durch die Belegschaft.

Ich ging zu Vanessa hinüber, die sich nicht weit von der Stelle befand, an der ich sie zurückgelassen hatte. Sie stand mit demselben Kochmesser in der Hand da, den Kopf zur Seite gedreht. Wenn Parker auch nur ein paar Sekunden später gekommen wäre, hätte das Messer sein Ziel gefunden. *Mich.*

„Warum bist du hier?", fragte ich die bewegungslose Gestalt. „Bist du wegen mir gekommen?"

Ich achtete auf jedes Zeichen des Erkennens, aber sie war nicht mehr als eine Statue, gefangen in Parkers Zauber. Während er sich um die anderen kümmerte, hob ich meine Hand an ihren Mund und ließ Magie von meinen Fingerspitzen zwischen ihre Lippen tröpfeln.

„Warum bist du hier?", wiederholte ich meine Frage.

Vanessas Lippen bewegten sich, aber ihr Mund blieb verschlossen.

Ich fuhr mit meiner Hand im Kreis über ihr Gesicht und ihren Hals. Konnte ich meine Vampir- und Hexenmagie gleichzeitig einsetzen? Es gab nur einen Weg, das herauszufinden.

„Sag es mir", verlangte ich zu wissen und versuchte meinen Trick mit dem Zwang von vorhin erneut anzuwenden.

„Warum sollte ich dir irgendwas erzählen?", knurrte sie und spuckte mich an.

„Ich kann dir das Leben nehmen oder es retten. Du hast die Wahl."

„Es gibt mehr von uns, als du dir vorstellen kannst. Mich zu töten, wird nichts ändern."

„Ist dir diese Sache wirklich wichtiger als das eigene Leben?"

„Welches Leben?", knurrte sie. „Glaubst du, wir genießen diese armselige Existenz, gefangen zwischen Dasein und Tod? Wir haben keine Perspektiven mehr. Keine Liebe. Kein Ziel. Nichts außer der große Sache. Sie allein gibt uns einen Sinn, ist der einzige Grund, weiterzumachen. Alles, was ich dir sage, könnte dazu führen, dass du sie zerstörst. Mein Leben ist nur ein kleiner Preis dafür zu schützen, wofür so viele von uns so lange und hart gearbeitet haben."

„Ich verstehe nicht", sagte ich mit einem Stirnrunzeln. „Nichts von dem, was du sagst, ergibt einen Sinn."

„Ich bin dir nichts schuldig." Sie lachte bösartig. „Dummes Mädchen. Du weißt doch nicht mal, wer du bist. Oder doch?"

„Sag du es mir. Ich muss es wissen", bettelte ich. Es war mir egal, ob es mich schwach aussehen ließ. In diesem Moment war ich tatsächlich schwach. Ich wollte einfach nur die Wahrheit erfahren.

Vanessa öffnete den Mund, um etwas zu erwidern, stieß dann aber ein gutturales Stöhnen aus. Entsetzt starrte ich auf den hölzernen Pfahl, der aus ihrer Brust ragte.

„Schon mal eine weniger, über die man sich Sorgen machen muss", merkte Connie an, bevor sie den Pflock wieder aus Vanessa herauszog und ihn in ihrer Hand kreisen ließ. „Bringen wir die anderen zurück ins Hauptquartier, damit wir sie verhören können."

20

„Connie!", brüllte ich frustriert auf. „Ich hatte sie genau da, wo ich sie haben wollte!"

„Und jetzt hab ich sie ebenfalls genau da, wo ich sie haben will. Tot zu meinen Füßen."

„Was wollte sie mir sagen?", verlangte ich zu wissen und verfluchte das schlechte Timing.

„Als ob ich das wüsste oder es mich interessieren würde", antwortete die Vampirin, schob ihren Pflock in ein Knöchelhalfter und richtete sich dann wieder zu ihrer vollen Größe auf. „Wie hast du sie alle bewegungsunfähig gemacht?", fragte sie mich stattdessen.

„P-Parker", stotterte ich und sah mich in der Küche suchend nach ihm um.

Er kam gerade aus der Kühlkammer, drehte sich um und versiegelte die Tür mit einer hellen Linie glühenden Zaubers. Als er mit damit fertig war, blies er auf seinen Finger und tat so, als würde er ihn in seinen Hosenbund stecken.

„Gute Arbeit, Hexer", sagte Connie mit etwas, das beinahe schon einem Lächeln glich.

„Danke, Vampir", antwortete er und kam an meine Seite.

„Wo sind die anderen?", fragte ich Connie verzweifelt. Irgendetwas stimmte nicht, und es lag nicht nur an dem unglücklichen Timing. „Woher wusstest du, dass du kommen musstest?"

„Du hast hier hinten einen riesigen Krach veranstaltet. Es hat uns alles abverlangt, zu verhindern, dass die Normalos etwas mitbekommen. Nächstes Mal solltest du etwas diskreter sein, hm?"

„Das Essen", rief ich und erinnerte mich erst jetzt. „Sie haben es irgendwie manipuliert."

„Ja, Buckley hat diese kleine Tatsache auch weitergegeben. Das nächste Mal musst du solche Informationen direkt deinem Vorgesetzten melden."

„Du bist nicht meine Vorgesetzte", erwiderte ich keck und überraschte damit sogar mich selbst.

Connies Augen weiteten sich so sehr, dass ich

dachte, sie würden ihr aus dem Kopf springen. „Was hast du gerade zu mir gesagt?"

Ich schnippte mit den Fingern und benutzte meine Hexenmagie, um die schützende Rüstung, die Fluffikins mir gegeben hatte, heranschweben zu lassen. Als sie mich erreichte, schnappte ich sie mir aus der Luft und drückte sie ihr in die Hand.

Die Augen der älteren Vampirin wurden noch größer, und ihr fiel die Kinnlade herunter.

„Wie?", fragte sie. „Du solltest doch Vampirmagie besitzen."

Ich sauste in schnellen Kreisen um sie herum und erzeugte dabei einen derartigen Wind, der ihre perfekt sitzende Frisur durcheinanderwirbelte. „Die habe ich immer noch."

„Aber man kann nicht beides gleichzeitig haben. Das ist unmöglich, es sei denn, du wärst eine ..." Sie schlug sich die Hand vor den Mund und weigerte sich, weiterzusprechen.

„Es sei denn, ich wäre eine was? Sag es mir!", brüllte ich sie an.

„Das steht mir nicht zu", sagte sie und wandte sich von mir ab.

Ich warf Parker einen flehenden Blick zu.

„Ich weiß es leider nicht", murmelte er. „Ich meine, ich bin ein Sterblicher wie du und habe nicht lange genug gelebt, um all das Wissen zu erlangen, das sie besitzt."

„Und Fluffikins?" Ich wollte es plötzlich wissen. Wer war er wirklich? Wie hatte er meine wahre Natur vor allen anderen herausgefunden, und warum glaubte er, das Recht zu haben, mir diese Information vorzuenthalten?

„Er definitiv", antwortete Parker.

„Aber er ist auch nicht unsterblich. Oder?"

„Er ist in seinem fünften Leben, also weit über hundert. Außerdem ist er als Diplomat in mehr Informationen eingeweiht als ich."

Ich überlegte einen Moment lang. „Wird er es mir sagen?"

„Wir haben den Hexenzirkel besiegt, der in unsere Stadt eingedrungen ist", meldete sich Connie zu Wort. „Meiner Meinung nach bedeutet das, dass es Zeit für ihn ist, seinen Teil der Abmachung zu erfüllen."

So sehr ich mir in dieser Sache endlich Klarheit wünschte, fürchtete ich mich auch davor, was ich herausfinden würde. „Was, wenn dieses großen Geheimnisses alles verändert?"

„Es ist doch bereits nichts mehr so, wie es vorher war", merkte Parker an und legte einen Arm um meine Taille. Ich lehnte mich an ihn, dankbar für jegliche Art von Trost. Jetzt, wo meine Hexenmagie nicht mehr unterdrückt war, konnte ich seine Berührung auch wieder genießen.

„Was ist mit den Leuten, die das vergiftete Essen zu sich genommen haben?", fragte ich und realisierte, dass fast nichts gelöst worden war, obwohl wir es irgendwie geschafft hatten, siegreich aus der Sache hervorzugehen.

Dennoch ... Irgendetwas hielt mich zurück. Ich wollte dieses Lokal nicht verlassen, auch wenn ich keinen Grund hatte zu bleiben.

Connie wirkte unbeteiligt, während sie zum Kühlraum schlenderte und die darin eingeschlossenen Gefangenen finster musterte. „Wir haben die Identitäten aller Gäste, die heute Abend ein und ausgegangen sind, erfasst. Als leitender Kontakt zur Landwirtschaft bin ich sicher, dass unser Buckley herausfinden kann, was das Gift bewirken sollte, und einen Weg finden wird, dem entgegenzuwirken."

„Ich hole die anderen her", sagte Parker, zog sein Handy aus der Tasche und begann, noch während er sprach, eine Nachricht zu schreiben. „Sie können uns helfen, die Typen im Kühlraum ins Hauptquartier zu schaffen."

„Was ist mit den Gästen, die sich noch im

Restaurant befinden?" Nein, wir konnten noch nicht gehen. Ich wusste nicht, warum ich das fühlte, es war so eine Art Intuition.

„Ruhig Blut", sagte Melony, als sie sich durch die Schwingtüren schob. Sie musste schon eine ganze Weile genau dort gestanden und darauf gewartet haben, hereingerufen zu werden.

Anstatt sich zu erklären, schickte sie eine Stichflamme in die Luft. Alle sahen zu, wie sich diese in Richtung Decke bewegte.

Und dann ging die Sprinkleranlage los, und aus dem Speisesaal drangen entsetzte Schreie zu uns herein.

„Das sollte alle nach draußen schicken", sagte Melony mit einem breiten Grinsen. Sie liebte es eindeutig, Unfug zu treiben.

„Beeilen wir uns", sagte Connie, „bevor das Personal aus dem Restaurant zurückkommt und anfängt, nach der Wirtin zu suchen."

„Melony, hilf mir, die Geiseln rauszubringen", rief Parker der einzigen Person zu, die weniger Erfahrung als ich besaß. „Sie sind bereits magisch gefesselt. Wir müssen nur dafür sorgen, dass keine Normalos sie zu Gesicht bekommen, bis wir sie in unsere Autos verfrachtet und außer Sichtweite gebracht haben."

Diese nickte und ging hinüber zum Kühlraum zu, um dem Befehl Folge zu leisten.

Die beiden machten sich an die Arbeit, während Connie Vanessas am Boden liegende Leiche hochhob. „Ich kümmere mich um die hier."

„Und ich werde etwas zu essen mitnehmen, damit ich das Gift analysieren und ein Gegenmittel herstellen kann", fügte Buckley hinzu. Ich hatte nicht einmal bemerkt, dass er hereinkam, und doch war er da.

Damit war ich die Einzige, die nichts zu tun hatte. Ich stand wie versteinert da und sah zu, wie die anderen sich an die Arbeit machten.

Ich wollte nicht gehen, obwohl es keinen Grund gab, noch zu bleiben.

21

ch wanderte in der leeren Küche auf und ab und fragte mich, warum ich mich nicht dazu durchringen konnte, ebenfalls zu gehen. Meine gründliche Untersuchung aller Schränke und Schubladen hatte nichts weiter ergeben. Alles schien in Ordnung zu sein, auch wenn es sich nicht so anfühlte.

Bevor Connie sie tötete, hatte Vanessa noch verkündet, dass wir unserer Feinde, die eine namenlose größere Sache verfolgten, nicht zum letzten Mal gesehen hätten.

Und ich glaubte ihr.

Ich wünschte nur, ich wüsste mehr. Dass ich sie hätte zwingen können, in den ihren letzten Augenblicken ihres Lebens mehr zu sagen.

Ein Aufblitzen von Schwarz erregte meine Aufmerksamkeit, als Fluffikins durch die Schwingtüren hereinschlüpfte.

„Komm, Tawny", drängte er. „Hier gibt es nichts mehr zu tun."

„Es wird etwas passieren", prophezeite ich ihm, ohne zu zögern. Ich war mir so sicher, dass wir hier noch nicht fertig waren, obwohl ich keine Beweise dafür hatte. Trotzdem nagte die Intuition an mir.

Fluffikins drehte sich zur Tür und gab mir ein Zeichen, ihm zu folgen. „Barnes hat sie gerade dem Hauptquartier zur Befragung übergeben. Sie sind sicher verwahrt. Es ist vorbei."

Ich schüttelte den Kopf und weigerte mich, seinem Befehl nachzukommen „Ich glaube nicht, dass dem so ist."

„Wenn es eine zweite Runde geben sollte, werden wir bereit sein", versprach er, während er an der Tür auf mich wartete. „Aber für den Moment ist es erst einmal ausgestanden."

Ich schüttelte den Kopf und trat einen Schritt zurück. Warum war ich hartnäckig?

Der schwarze Kater seufzte. „Willst du nicht wissen, warum du anders bist? Du hast deinen Teil der Abmachung erfüllt. Jetzt bin ich an der Reihe. Komm mit. Es gibt viel zu besprechen."

Ich blickte in Richtung des Kühlraums, in dem Parker die gefangenen Zirkelmitglieder vorübergehend untergebracht hatte. Mir war klar, dass sie nicht reden würden, egal welche Taktik die APZ gegen sie anzuwenden versuchte. Wie Vanessa würden auch sie lieber für ihre Sache sterben, als auch nur einen einzigen Hinweis auf deren Zweck preiszugeben.

„Dieser Job ist vorbei, aber du bist immer noch meine Aushilfe." Die Geduld des Chefkaters war deutlich aufgebraucht, und seine Worte klangen hart. „Komm mit mir. Das ist ein direkter Befehl", sagte er und zuckte gebieterisch mit dem Schwanz.

Endlich gab ich seinem Wunsch nach. Was immer ich geglaubt hatte, an diesem Ort noch tun zu müssen, hatte sich mir noch nicht offenbart. Vielleicht bildete ich mir es auch einfach nur ein.

„Heb mich hoch", befahl er, als ich zu ihm an die Tür trat.

Ich tat es, und einen Moment später umhüllte ein glitzernder rosa Nebel unsere Körper und teleportierte uns zurück in den Konferenzraum des Hauptquartiers. Nachdem wir unsere Plätze eingenommen hatten, begann sich die wirbelnde Magie in Richtung Decke zurückzuziehen.

„Bleib", befahl Fluffikins, und die Magie formte

sich zu einer dichten Kugel und schwebte über dem Tisch, als hätte auch sie einen Platz in dieser Sitzung.

Ich wusste sehr wenig über diese besondere Art von Zauber, der unsere Region mit den anderen auf dieser Welt verband. Nur, dass sie alle aus derselben Quelle schöpften und dazu beitrugen, das Gleichgewicht aufrechtzuerhalten und zu verhindern, dass eine einzelne Region oder Person zu mächtig wurde.

„Kommen die anderen auch dazu?", fragte ich und wünschte mir, ich hätte Parker an meiner Seite, für das, was auch immer als nächstes passieren mochte. Ihm lag mein Wohlergehen am Herzen, aber ich wusste immer noch nicht, ob das auf den schwarzen Kater oder die anderen ebenfalls zutraf.

„Dies ist eine private Angelegenheit. Je weniger Menschen wissen, was ich dir jetzt sage, desto sicherer sind wir alle." Fluffikins' Augen wirkten trübe, während sie normalerweise hell und neugierig funkelten. Was auch immer er mir zu verkünden hatte, schien nichts Erfreuliches zu sein.

„Was ist das Problem?", fragte ich, holte nervös Luft und hielt meinen Atem an.

„Du, Tawny. Du bist das Problem."

Ich warf ihm einen vernichtenden Blick zu. War

es nicht er gewesen, der zugestimmt hatte, mit der Wahrheit herausrücken, nachdem ich meinen letzten Auftrag erledigt hatte? Er schien so erpicht darauf gewesen zu sein, mich hierher zu bringen, und jetzt das.

„Das ist aber fies, jetzt so was zu sagen", knurrte ich, während mich die Erschöpfung endlich übermannte. „Ich habe alles getan, was du von mir verlangt hast." Wollte er immer noch nur in Rätseln und Halbwahrheiten sprechen, anstatt mir direkt zu sagen, was ich wissen wollte?

„Du missverstehst mich. Was ich damit andeuten will, ist, dass du nicht existieren solltest."

Ich schluckte hart, und mein Herz begann zu rasen. Wann hatte es überhaupt wieder angefangen zu schlagen? Es war so viel passiert, seit Parker mir die schützende Rüstung abgenommen hatte. Ich hatte nicht auf diese körperlichen Empfindungen geachtet und einfach angenommen, dass sie immer noch nicht vorhanden seien. Jetzt allerdings verspürte ich Herzklopfen, das Rauschen des Sauerstoffs in meinen Lungen, den Schmerz, den Mr Fluffikins' Worte in mir hervorriefen.

„Willst du mich umbringen?", fragte ich ihn unverblümt.

Anstatt auf und ab zu gehen, wie er es normalerweise tat, legte sich der Kater hin und zog seine Vorderpfoten unter sich. „Nein, Tawny, ich will dich nicht töten. Aber andere werden es mit Sicherheit versuchen, wenn sie jemals herausfinden, was du bist. Das dürfen wir nicht zulassen. Verstehst du das?“

Ich dachte zurück an meine letzte Konfrontation mit Vanessa. „Sie wissen es bereits“, sagte ich mit einem Zittern in meiner Stimme. „Die Obervampirin hat es mir gesagt. Sie meinte, ich wüsste doch nicht mal, was ich bin, und dass noch andere kommen würden.“

Fluffikins stöhnte lang und laut auf. „Dann ist es genau so, wie ich befürchtet habe.“

„Ich verstehe das nicht. Bis vor einer Woche nicht einmal, dass Zauberei existiert. Warum sind jetzt alle so besorgt um mich?“

„Du bist kein Normalo“, sagte die Katze und starrte mich, ohne zu blinzeln, aus großen Augen an.

„Ja, ich habe schon irgendwie mitbekommen, dass ich eine Magierin bin.“ Ich stieß ein Glucksen aus, um die Spannung im Raum zu lockern. Mein Versuch der Unbeschwertheit steigerte seine Unruhe jedoch nur noch mehr.

Er leckte sich mehrmals über die Pfote –ein nervöser Tick –, bevor er wieder sprach. „Nein, Tawny. Du bist auch keine Magierin. Du bist etwas gänzlich anderes.“

22

„Genug mit diesen pauschal gehaltenen Ansagen. Sag mir einfach, was ich bin und warum es so wichtig zu sein scheint", verlangte ich zu wissen, genervt davon, wie der Kater ewig um den heißen Brei herumredete.

„Du bist eine Terranerin", antwortete er in einem unheimlichen Tonfall.

„Eine Terranerin?" Ich stieß ein trockenes Lachen aus und klopfte mit den Händen auf den Tisch. „Nennt man so nicht die Menschen in Science-Fiction-Romanen? Bitte sei einfach ehrlich zu mir. Ich habe lange genug gewartet, um …"

„Ich bin ehrlich zu dir!", stieß er hervor. „Terraner sind ausgestorben, oder zumindest dachten alle, sie wären es, bis ..." Er reckte sein Kinn in die Höhe und riss die Augen auf.

Ich hob eine Hand auf meine Brust. „Bis ich auftauchte?"

„Ja. In alten Erzählungen wurden sie oft erwähnt. Als sie vor Jahrhunderten ausstarben, hatten die Normalos keinen Bezugsrahmen mehr, um die terranische Art zu verstehen. Sie sahen nur, dass sie häufig im Zusammenhang mit der Welt genannt wurden, und nahmen an, dass sie keine mehr finden konnten, weil alle auf der Erde von dieser Spezies waren. Aber sie haben sich geirrt."

„Und was genau bin ich?", fragte ich, und meine Stimme war kaum mehr als ein Flüstern.

„Du bist eine Klasse für dich. Wenn du weiter mit der magischen Welt interagierst, werden deine Kräfte noch weiter zunehmen."

„Aber auf den Caraway Island konnte ich dich und Melony nur retten, weil ich eine Normalo war. Keine Magie vermochte die Barrieren zu durchbrechen, aber mir gelang es", erinnerte ich ihn, während ich an dieses seltsame Abenteuer zurückdachte. Wie ich am Ende die Einzige war, die sie befreien konnte.

„Du bist weder eine Magierin noch eine Normalo. Da man die Terraner für ausgestorben hielt, haben sie dich bei der Errichtung ihrer Verteidigungssysteme nicht berücksichtigt."

„Ich bin also magisch, aber keine Magierin?", fragte ich. Wow, ich war wirklich ein Schrödingers Etwas.

Er nickte und leckte sich wieder die Pfote. „Sieh es doch mal so. Die meisten, die der Zauberkraft mächtig sind, kanalisieren ihre Kräfte durch ihr Herz. Deshalb können Vampire nur getötet werden, indem man diese Quelle ihrer Magie zerstört – das Herz."

„Du hast mir den Brustpanzer gegeben, um meines zu schützen und meinen Hexenzauber zu blockieren", erkannte ich und verstand seine List immer besser, je mehr er mir darüber erzählte.

Der Kater nickte erneut. „Ich hatte einen Verdacht bezüglich dessen, was du bist, wusste aber auch, dass dir die Erfahrung fehl, um deine Fähigkeiten voll zu beherrschen. Als du dich nicht abwimmeln ließest, dachte ich, ich könnte dich irgendwie im Hintergrund halten. Tawny, eine Terranerin speichert Magie nicht nur in ihrem Herzen, sondern in ihrem ganzen Körper. Du kannst so viel Macht in dir tragen, das Hundertfache dessen, was die meisten Magier können. Aber deine wahre Stärke liegt in der Fähigkeit, die Weltmagie zu beherrschen.“

Mein Blick fiel auf den leuchtenden rosa Ball, der sich neben uns zusammengerollt hatte.

„Ja“, sagte die Katze ehrfürchtig. „Als der letzte bekannte Terraner starb, errichteten wir regionale Gremien, um die Weltmagie zu überwachen. Wir dachten uns, dass sie in Abwesenheit ihres wahren Hüters am besten durch einen Ausschuss aus Übernatürlichen der verschiedenen Klassen verwaltet werden sollte. Gemeinsam hofften wir, die Fähigkeiten eines einzelnen Terraners ausgleichen zu können. Aber es war eine schlechte Lösung, und sowohl die Normalos als auch die Magier bekriegen sich mehr, als sie es jemals sollten. Die Welt ist nicht im Gleichgewicht, aber vielleicht kann sie es wieder sein, jetzt, wo wir dich gefunden haben.“ Er hielt inne, um das Gewicht seiner Worte auf mich wirken zu lassen.

Ich war also nicht nur magisch, sondern das mächtigste Wesen, das seit Jahrhunderten gelebt hatte. Ein bisschen was Besonderes zu sein, damit hätte ich umgehen können, aber so weit über allen anderen zu stehen? Das machte mir Angst.

„Nicht jeder will Frieden", murmelte ich und dachte an die populären Politiker und terroristischen Randgruppen, die mit scheinbar jedem Atemzug Krieg, Gewalt und Missgunst propagierten.

„Nicht diejenigen, die nach Macht streben, nein." Fluffikins' Schwanz schlug nun gegen den Tisch, als würde er den Takt vorgeben. So hart wie dieses Gespräch für mich war, konnte ich doch sehen, dass es ihn genauso tief traf. Er wusste viel besser als ich, was meine Existenz und Entdeckung für die ganze Welt zu bedeuten hatte.

„Heißt das, sie werden versuchen, mich zu töten?", krächzte ich.

Er nickte verdrossen. „Ja, oder sie nehmen dich gefangen, um dich als Waffe zu benutzen."

Nein, ich weigerte mich, das zuzulassen, mich in etwas zu verwandeln, das ich nie werden sollte. „Was kann ich tun, um zu verhindern, dass diese Dinge passieren?"

„Ich weiß es nicht. Das hier ist sozusagen Neuland für uns. Niemand hätte es je für möglich gehalten, aber wenn du existierst, könnte es auch noch andere geben."

„Also müssen wir sie suchen? Sie auf unsere Seite bringen?" Sicherlich, wir mussten etwas tun.

Aber was? Wenn er schon keine Antwort darauf wusste, gab es kaum eine Chance für mich, sie selbst zu finden.

Der Kater holte tief Luft, bevor er fortfuhr. „Ich beabsichtige, dich in jedem Bereich der Magie auszubilden und hoffe, dass du einen Weg findest, andere Terraner aufzuspüren. Aber es wird nicht einfach sein. Wir hatten Glück, dich zu finden, bevor das jemand anderem mit bösen Absichten gelang. Es ist wirklich ein Zufall von eins zu einer Billion, es sei denn, es gibt noch andere da draußen, die nur darauf warten, enttarnt zu werden."

„Ich will helfen, sie zu finden", sagte ich mit plötzlicher Begeisterung. Die einzige meiner Art zu sein, setzte mich zu sehr unter Druck, besonders da die Terraner, so wie Mr Fluffikins es erklärte, sehr viel Macht und Einfluss besaßen. Ich war bisher immer nur für mich selbst verantwortlich gewesen, hatte noch nicht einmal ein Haustier besessen, um Himmels willen.

Er schien die Angst zu spüren, die sich unter meiner Entschlossenheit verbarg „Der Vorstand und ich werden dir alles beibringen, was wir wissen, aber deine Ausbildung wird unvollkommen sein. Wir können dich nur das lehren, was wir selbst beherrschen, und das ist so wenig im Vergleich zu dem, was du lernen musst."

Ein Teil von mir wünschte, ich könnte in der Zeit zurückgehen, eine andere Stadt als Beech Grove wählen. Aber wenn die Welt eine Heldin brauchte, musste ich wohl oder übel herhalten ...

23

„Das ist eine Menge, die es zu verkraften gilt“, sagte ich, als es schien, dass Mr Fluffikins mit seinen Belehrungen am Ende war.

Er stand auf und streckte sich. „Ich weiß, und ich würde diese Situation niemandem wünschen. Aufgrund dessen, was du bist, könnte jede einzelne Entscheidung, die du triffst, den gesamten Verlauf der Geschichte verändern.“

„Du machst es mir nicht unbedingt leichter“, entgegnete ich mit einem müden Lächeln. Er hatte das Geheimnis nicht für sich behalten, um mich zu ärgern, sondern einfach gehofft, mich dadurch zu beschützen. Jetzt, wo ich das verstand, war ich ihm dankbar für seine Bemühungen.

„Ich hatte gehofft, du würdest bei dieser Mission versagen und gezwungen sein, eine Vampirin zu bleiben", gab er nun zu.

„Das werde ich auch, zumindest teilweise", sagte ich nachdenklich. Ich wusste immer noch nicht, wie das alles funktionierte, begann jedoch, ein gewisses Muster zu erkennen. „Der Hexenzauber, den du mir verliehen hast, hat mich nicht verlassen. Und die Vampirmagie wird mir ebenfalls erhalten bleiben. Ich absorbiere alles und behalte es in mir."

Der schwarze Kater schnaufte. „Wie ein Schwamm."

Ich nickte. „Genau, und ich habe keine Ahnung, wie ich beides wieder loswerden soll."

„Ich glaube, ich schon", verriet Fluffikins und erhob sich gemächlich. „Der Vampirfluch war mein letzter verzweifelter Versuch, dich vor dem zu retten, was du bist. Ich wusste nicht, ob es funktionieren würde, ob der Fluch dein terranisches Erbe auslöschen könnte, aber ich musste es einfach probieren."

„Das verstehe ich jetzt, und ich danke dir." Ich mochte seine Methoden oder seine Einstellung nicht immer, aber zumindest verstand ich jetzt seine Beweggründe. Schließlich war er auch nur ein einfacher Kater, der plötzlich über viel mehr Macht verfügte, als er je erwartet hatte zu besitzen. In dieser Hinsicht waren wir uns gleich.

Er wanderte zur hinteren Ecke des Tisches und wandte sich dann wieder mir zu. „Es ist an der Zeit, dass wir aufhören zu verleugnen, wozu du geboren wurdest. Wir müssen dich mit deiner Bestimmung zusammenbringen."

Die glitzernde, rosafarbene Kugel der Weltmagie schwebte über den Tisch und näherte sich mir.

„Heb die Hand aus und nimm sie an dich", befahl der Kater aus ein paar Schritten sicherer Entfernung.

Ich tat wie mir geheißen und streckte den Zeigefinger aus, ohne großartig darüber nachzudenken und zu überlegen, was es bedeutete, eine so große Verantwortung auf mich zu nehmen. Tief in meinem Innersten wusste ich, dass es richtig war. Notwendig.

Die Kugel begann zu pulsieren, als sie sich vorwärtsbewegte und sanft in meine Haut eindrang. Ich registrierte erstaunt, wie sich ihr rosiges Glühen über und in mir ausbreitete und sich nicht nur in meinem Herzen ansiedelte, wie die anderen Magien zuvor, sondern meinen ganzen Körper erfüllte.

Fluffikins schnappte nach Luft. „Nie im Leben hätte ich gedacht, dass ich je solch einen Anblick sehen würde. Du ... glühst förmlich."

Als die Vampirmagie in meinem Organismus dominant gewesen war, fühlte ich eine ständige Abwesenheit, Leere. Jetzt jedoch, mit der Welt- magie in mir, war es das genaue Gegenteil – ich war beherrscht von einer Art Ganzheitlichkeit, fähig, jede Empfindung zu spüren, die um meine Aufmerksamkeit wetteiferte.

Und es war wunderbar.

„Wie fühlst du sich?", fragte Mr Fluffikins und musterte mich voller Ehrfurcht.

„Richtig gut", murmelte ich erstaunt. „Als ob es schon immer so hätte sein sollen."

Ein enormes Lächeln breitete sich zwischen seinen Schnurrhaaren aus. Das Erste, das ich seit geraumer Zeit an ihm gesehen hatte. „Erinnerst du dich noch, wie wir den Fluch heute getestet haben?"

„Parker", sagte ich mit einem sehnsüchtigen Grinsen. Ich erinnerte mich an die Gefühle, die ich in den letzten Wochen für ihn entwickelt hatte, und sehnte mich mit neuer Intensität nach ihm. Holte ich gerade die verlorene Zeit nach? Oder brannte alles heller, jetzt, da ich mich von dem Vampirfluch gelöst hatte und zurück ins Licht getreten war?

„Ich kann ihn zu dir bringen, um zu prüfen, ob der Fluch zu deiner Zufriedenheit aufgehoben wurde. Aber du darfst ihm nicht sagen, was du bist. Du darfst es niemandem sagen." Er ließ seinen Hintern auf den Tisch plumpsen und forderte mich geradezu heraus, seinem Dekret zu widersprechen.

Was er da von mir verlangte, war schon ziemlich heftig. Wie konnten Parker und ich unsere Beziehung ausbauen, wenn ein so großer Teil von mir ein Geheimnis zwischen uns bleiben musste? „Wird er nicht in Gefahr sein, wenn er mich beschützt? Und ihr alle ebenso?"

„Leider ja, aber die anderen werden viel sicherer sein, wenn sie nicht wissen, was genau du bist." Fluffikins neigte den Kopf zur Seite und miaute. Noch nie zuvor hatte er so sehr wie eine echte Katze gewirkt. War das seine Art, Bedauern oder Mitleid auszudrücken? Oder hatte er einfach die Schnauze voll von mir, von diesem Gespräch und von dem, was, wie wir beide wussten, als nächstes kommen würde?

„Connie allerdings weiß Bescheid", sagte ich und beendete diesen seltsamen Moment zwischen uns. „Sie hat es im Restaurant herausgefunden." Er seufzte und ließ den Kopf hängen. „Du bist die Stärkste von uns allen. Du könntest ihr Gedächtnis auslöschen, wenn du wolltest, oder sogar meines."

„Nein", sagte ich und realisierte dann etwas Seltsames und Erschreckendes. „Ich vertraue ihr. Aber ich bin einverstanden, den anderen nichts zu sagen."

„Nun gut, aber wenn du deine Meinung ändern solltest, weißt du, was zu tun ist."

Ich nickte und spürte das Gewicht dieser neuen Verantwortung auf mir lasten. Ich war nie jemand Besonderes gewesen, hatte immer gerade genug getan, um über die Runden zu kommen. Aber jetzt?

Jetzt war ich die wichtigste Person auf dem ganzen Planeten.

Fast wünschte ich mir, ich könnte es meinem Ex-Mann und seiner neuen Frau unter die Nase zu reiben, aber ich hatte jetzt viel wichtigere Dinge, um die ich mich kümmern musste.

„Ich schicke Barnes rein", sagte Fluffikins. „Aber zuerst musst du dein Glühen unter Kontrolle bringen. Das soll doch ein Geheimnis sein, schon vergessen?"

Ein Geheimnis. Ja.

Es zu wahren, würde nicht einfach werden.

Obwohl es lebenswichtig war.

24

Parker erschien ein paar Minuten, nachdem Mr Fluffikins den Konferenzraum verlassen hatte. Zum Glück hatte ich es schnell geschafft, die neue Kraft in mir zu bändigen. Der zusätzliche Druck einer so kurzen Frist schien zu helfen. Ich fragte mich, ob das später wichtig sein würde. Wenn der richtige Moment gekommen wäre, bliebe mir immer noch Zeit , mir über alles klar zu werden ... nicht viel Zeit, aber es würde reichen müssen.

„Ist alles in Ordnung?", fragte Parker, als er einen Stuhl neben mir heranzog. „Der Chefkater hat mich hergeschickt. Hat er dir gesagt, was los ist?"

Ich nickte, weil ich Angst hatte, ihm in die

Augen zu sehen, angesichts all der Lügen, die folgen mussten. Das war noch so eine Sache, die Fluffikins mir überlassen hatte: Mir eine Erklärung einfallen zu lassen, die alle weiteren Fragen im Keim ersticken würde. „Mein Hexenzauber ist nicht verschwunden, weil es meine natürliche Magie ist", erklärte ich, wobei ich es vorzog, meine magische Natur nicht völlig zu verheimlichen. „Dem APZ beizutreten hat das geweckt, was bereits in mir war."

Wellen der Freude wogten aus seiner Brust und überrollten mich. Ich konnte jetzt nicht nur meine Gefühle spüren, sondern auch seine. Und ich brauchte nicht einmal hinzusehen, um zu wissen, dass er ein riesiges Lächeln auf dem Gesicht hatte. Wie viele neue Fähigkeiten würde ich wohl noch entdecken? Waren mir überhaupt noch irgend-welche Grenzen gesetzt?

„Tawny, das ist ja fantastisch! Du bist wie ich. Unsere Magie stimmt überein."

Ich stieß ein leises Lachen aus. „Ja."

„Hat Fluffikins deine Vampirmagie also schon zurückgenommen?"

Ich nickte. „Er will mich auch noch eine Weile hierbehalten, um mir zu helfen, meine neuen

Fähigkeiten in den Griff zu bekommen." Nun, zumindest dieser Teil war keine Lüge.

Parkers sanfte graue Augen, die mich von Anfang an in ihren Bann gezogen hatten, strahlten jetzt vor Glück. „Im Ernst, das ist perfekt", fuhr er fort, ohne zu bemerken, dass meine Stimmung nicht mit der seinen übereinstimmte. „Ich muss nicht mehr versuchen, dich zu beschützen, und ich muss mir keine Sorgen mehr um deine Sicherheit machen. Du bist keine hilflose Normalo mehr, die in einer Welt voller Magie feststeckt. Jetzt kannst du auf dich selbst aufpassen."

Diese Feststellung gefiel mir ganz und gar nicht. „Ich konnte schon immer auf mich selbst aufpassen. Und ich war nie hilflos."

„Sorry, sorry, du hast natürlich recht. Ich entschuldige mich für meine unangebrachte Ritterlichkeit und verspreche dir, dass das nie wieder vorkommen wird. Oh, Tawny. Ich bin so glücklich. Ich wollte sowieso mit dir ausgehen, aber jetzt, wo wir auch auf magischer Seite harmonieren, werden so viele Dinge viel einfacher sein." Er zog mich auf die Füße und schlang seine Arme um mich.

„Das sind gute Neuigkeiten", sagte ich und zwang mich zu einem Lächeln. Er hatte keine Ahnung, dass unsere Situation sich eher verschlechtert hatte. Aber wenn ich es ihm sagte, würde ich ihn direkt in Gefahr bringen.

Er hob seine Hand, um meine Wange zu streicheln, und ich lehnte mich dagegen. „Darf ich versuchen, dich noch einmal zu küssen? Da es beim letzten Mal nicht ... Na ja, du weißt schon."

Ja, ich wollte das. Ich wollte ihn. Auch wenn ich jetzt diejenige sein würde, die sich auf Distanz hielt, um den anderen zu schützen.

Ich hob den Kopf und schloss die Augen, und einen Moment später fanden seine Lippen meine – weich, sanft und auf der Suche nach Antworten.

Ja, ich wollte ihn. Brauchte ihn. Selbst in dieser verrückten neuen Welt, die sich so falsch anfühlte, wusste ich, dass Parker der Richtige für mich war. Wir hatten gerade erst angefangen, einander kennenzulernen, aber schon jetzt löste er Gefühle in mir aus, die ich bei meinem Ex-Mann nie empfunden hatte.

Freude. Vertrauen ... Hoffnung.

Die Hoffnung, dass Fluffikins düstere Vorhersagen für die Zukunft nicht eintreten würden, dass dieser Mann und ich eines Tages glücklich und zufrieden miteinander leben könnten.

Aber unsere Geschichte hatte gerade erst begonnen, und es galt, noch viele weitere Monster zu bekämpfen.

Ich zog mich zurück und legte ihm eine Hand auf die Brust.

„Hast du was gefühlt?", fragte er und musterte mich aufmerksam.

„Ich habe viele Dinge gefühlt", neckte ich. „Und die waren alle nicht schlecht."

Er seufzte erleichtert auf und küsste mich dann wieder.

„Dein Fluch. Er ist weg. Ich weiß nicht, was ich getan hätte, wenn du ein Vampir geblieben wärst, Tawny."

„Nun, jetzt brauchst du dir darüber keine Sorgen mehr zu machen", sagte ich und hielt die Tatsache zurück, dass das, was ich tatsächlich war, noch schlimmer sein könnte. Gerade erst hatte man mir dieses Geheimnis anvertraut, und schon wollte ich es mit ihm teilen. Wollte es, durfte es aber nicht.

Uhh. Ich musste das Thema wechseln.

„Hast du die Befragung der Vampirköche abgeschlossen?", fragte ich beiläufig, bevor mir klar wurde, dass dies in der Tat eine sehr gute Frage war. Mit der Weltmagie, die in mir schlummerte, konnte ich sie vielleicht dazu bringen, mir Dinge zu erzählen, die sie den anderen verschwiegen hatten.

Parker presste seine Lippen zu einer festen Linie zusammen und atmete tief ein. Er wirkte bedrückt. „Sie haben nicht einen Piep von sich gegeben. Ich bin mir nicht sicher, was wir tun sollen. Connie will sie alle pfählen, aber was, wenn sie nicht wussten, was Vanessa geplant hatte? Was, wenn sie unschuldig sind?"

„Kann ich mit ihnen reden?"

Er schüttelte den Kopf. „Es wird nichts nützen. Sie sind ziemlich fest entschlossen, nicht mit uns zu reden."

Ich legte ihm sanft die Hand auf seinen Arm. „Es wäre aber gut für mich. Selbst wenn sie nichts sagen, würde ich mich besser fühlen, weil ich weiß, dass ich es zumindest versucht habe."

Parker beugte sich zu mir herab und gab mir einen Kuss auf die Wange. „Ich liebe deine Entschlossenheit. Du hast diesen ganzen Zauberkram wirklich gut verkraftet."

Ich lachte auf. Er hatte ja keine Ahnung ...

25

Parker hielt meine Hand, während er mich in den lagerhallenähnlichen Raum führte, in dem Fluffikins seinen Vorrat an magischen Artefakten in einem speziellen Stauraum an der Decke versteckt hielt.

Wir gingen direkt auf die Öffnung über uns zu, aber anstatt nach oben zu blicken, schaute Parker nach unten. Er tippte viermal mit dem Fuß auf, bewegte sich dann ein paar Schritte zur Seite und tippte noch zweimal darauf. Dann noch einmal, ein weiterer Schritt und ein letztes Aufstampfen … und ein Teil des harten Bodens verschwand und gab den Blick auf eine lange, dunkle Treppe frei.

„War die schon die ganze Zeit hier?", fragte ich ungläubig.

Er blitzte mich grinsend an und gab mir dann ein Zeichen, vor ihm nach unten zu gehen. Die Stufen unter mir leuchteten magisch und wiesen uns den Weg.

Wir gingen lange Zeit abwärts, mindestens vierzig Schritte, bis wir schließlich auf einen versteckten Raum stießen, der aus einer einzigen riesigen Steinplatte gemeißelt zu sein schien. Ein magischer Strahl trennte die hinterste Ecke diagonal ab und bildete eine kleine, dreieckige Zelle, in der vier Gefangene saßen.

„Willst du das wirklich allein durchziehen?", fragte Parker ein weiteres Mal. „Es wäre sicherer für dich, wenn ich mit dir hineinginge."

„Hey jetzt", erwiderte ich und gab ihm einen spielerischen Klaps. „Du hast doch gesagt, du wärst fertig mit unangebrachter Ritterlichkeit."

Zumindest besaß er den Anstand, beschämt dreinzuschauen. „Tut mir leid. Alte Gewohnheiten und so. Ich lasse dich dann mal in Ruhe." Er drückte meine Hand, bevor er wieder die Treppe hinaufstieg. Ich wartete, bis sich die Falltür hinter ihm mit einem lauten Knallen schloss, dann passierte die schimmernde Barriere und betrat die Gefängniszelle.

Die vier Vampirköche saßen nebeneinander auf

einer langen Bank. Jeder hatte die Hände im Schoß gefaltet, und ihre Handgelenke waren mit magischen Manschetten gefesselt, die neonfarben leuchteten.

„Hören Sie, wie wir Ihren Kollegen bereits gesagt haben, wissen wir nichts", murmelte der Vampir ganz links und richtete seine kalten Augen auf mich.

Ich hatte noch nie jemanden verhört, aber jetzt, wo ich das mächtigste Wesen der Welt war, konnte ich mir die Gelegenheit nicht entgehen lassen, von diesem Quartett Informationen zu erhalten. „Woher kommst ihr? Wo habt ihr gelebt, bevor ihr hier in Beech Grove aufgeschlagen seid?"

„Warum sollten wir Ihnen das sagen?" Es schien, dass dieser Vampir als ihr kollektives Sprachrohr auserkoren worden war.

Ich durchquerte den kleinen Gefängnisraum, bis ich direkt vor ihm stand. Dann schloss ich die Augen und konzentrierte mich auf das, was ich wollte, dass es passiert. Ich stellte mir vor, wie der Vampir bereitwillig und wahrheitsgemäß meine Fragen beantwortete, und hielt dieses Bild in meinem Kopf fest, während ich erneut fragte. „Woher kommt ihr?"

„Blueberry Bay. In Maine", sprudelte es aus ihm heraus.

Puh, das war fast schon zu einfach.

„Da war ich auch schon mal", sagte ich. Diesmal konzentrierte ich mich auf die wogende Magie in mir, wie sie tröstete und beruhigte, und übertrug dann dieses Gefühl auf den vor mir sitzenden Vampir.

Er entspannte sich sichtlich, lockerte seine Haltung und verlangsamte seine Atemzüge. „Das ist uns bekannt. So haben wir das erste Mal von dir erfahren. Deshalb sind wir auch gekommen."

„Ihr vier und Vanessa?"

„Nein, unser Chef."

„Wer ist euer Chef?"

„Wir wissen es nicht."

„Wusste Vanessa es?"

„Nein. Wir kennen nur die Leute auf unserer Ebene und direkt darüber. Die Führung bleibt ein Geheimnis, um die Sache zu schützen."

„Was ist die Sache?"

Er zögerte und wandte sich von mir ab.

„Was ist die Sache?", wiederholte ich und stellte mir vor, wie er mir die Antwort gab und ließ dann sofort meine beschwichtigende, magischen Berührung folgen.

Das Gesicht des gefangenen Vampirs verzerrte sich in einer schnell aufblitzenden Reihe von Emotionen – Wut, Versuchung, Kummer, Reue. Trotzdem schwieg er.

Sein Nebenmann jedoch machte den Mund auf. „Um die Welt unter einer Magie zu vereinen. Eine Macht."

„Eine globale Diktatur?"

„Unter seiner Macht", riefen alle vier gemeinsam aus.

„Wessen?"

„Das wissen wir nicht", schaltete sich der erste wieder ein.

Ich seufzte. „Ah, ja, die Ebenen der Führung." Wer auch immer das Sagen hatte, hatte sich eindeutig auf dieses Szenario vorbereitet. Unsere Gefangenen konnten nicht reden, wenn sie keine Ahnung hatten.

„Warum wollt ihr die Welt vereinen? Was habt ihr davon, wenn ihr nicht einmal das Sagen haben werdet?"

„Wir werden …", begann der zweite.

„Schweig!", unterbrach ihn der erste Vampir mit einer knurrenden Warnung.

„Wir haben schon zu viel gesagt."

„Ich kann nicht widerstehen", stöhnte der

andere. Plötzlich begann er, heftig zu zittern, als hätte er einen Anfall.

„Dann weißt du, was wir tun müssen. Was wir alle tun müssen."

Entsetzt beobachtete ich, wie alle Vampir-Gefangenen zu schreien und zu zittern begannen, bis einer nach dem anderen in sich zusammensackte.

„Was ist denn hier los?", brüllte Connie, als sie, Parker und Fluffikins die Falltür aufrissen und die lange Treppe hinuntergestürmt kamen.

„Ich ... ich weiß es nicht."

Der Kater sprang auf den Schoß des ersten Vampirs und betatschte seine Brust. „Meine Güte. Davon habe ich schon gehört, aber es noch nie mit eigenen Augen gesehen."

„Was ist passiert?", fragte Parker und trat an meine Seite.

„Ich habe ihnen Fragen gestellt, und dann haben sie plötzlich angefangen zu schreien, sich geschüttelt und sind ohnmächtig geworden."

„Sie sind tot." Fluffikins bestätigte, was ich bereits vermutet hatte.

„Aber wie? Ich dachte, ein Pfahl wäre der einzige Weg, um ..."

„Das Herz", murmelte er. „Zerstöre das Herz, zerstöre die Magie."

„Sie benutzten ihre überlegene Kraft, um ihre eigenen Herzen zu zerquetschen. Du musst sehr nah dran gewesen sein, Antworten zu bekommen", sagte Connie und betrachtete mich misstrauisch.

„Barnes, komm mit mir", rief Fluffikins, sprang vom Schoß des toten Vampirs und flitzte zur Treppe. Ich schickte ihm einen stummen Dank hinterher. Wenn Parker mir zu viele Fragen über das, was hier passiert war, gestellt hätte, bezweifelte ich, dass ich sie beantworten und gleichzeitig mein terranisches Geheimnis bewahren konnte.

Er folgte pflichtbewusst seinem Boss und ließ mich und Connie allein im Kellergefängnis zurück.

„Hat dir der Kater gesagt, was du bist?", fragte sie und musterte mich von oben bis unten.

Ich beschwor die rosafarbene, funkelnde Weltmagie in meine Fingerspitzen, und sie entfaltete sich und nahm die Form eines Ballons an.

„Ah, da ist sie ja", sagte sie trocken. „Was hast du herausfinden können, bevor sie sich das Leben genommen haben?"

„Sie sind wegen mir hier", flüsterte ich und wünschte, die Antwort wäre anders ausgefallen.

Connie runzelte die Stirn. „Tja, das war ja wohl klar.“

„Ihr wart alle meinetwegen in Gefahr. Ich kann nicht ...“ Ich schüttelte den Kopf, als meine Stimme versagte. War ich wirklich etwas so Schreckliches, dass diese Vampir-Gefolgsleute lieber sterben wollten, als sich mit mir zu unterhalten?

Connie packte mich an den Schultern und schüttelte mich. Fest. „Egal, was für eine dumme Sache dir gerade durch den Kopf gehen mag, vergiss nicht: Wir werden in viel größerer Gefahr sein, wenn die bösen Jungs dich in die Finger bekommen. Im Moment ist das Beste, was wir tun können, dich in Sicherheit und außerhalb ihrer Reichweite zu halten. Ehrlich gesagt habe ich vorgeschlagen, dich zu töten, und uns jede Menge Probleme zu ersparen, aber Fluffikins wollte nichts davon hören.“

Dann verdankte ich dem kleinen schwarzen Kater wohl mein Leben. Das hieß, wenn ich überhaupt sterben konnte. Das wäre auf jeden Fall eine wichtige Frage, die ich ihm stellen müsste, wenn er und ich das nächste Mal Gelegenheit für ein persönliches Gespräch fanden.

26

„Wolltest du mich wirklich umbringen?", fragte ich, nicht sicher, ob ich mich das überraschen sollte.

Ein grausames Lächeln machte sich auf ihrem Gesicht breit. „Ja, und ich hätte es auch selbst getan. Vielleicht tue ich es immer noch, wenn du mir zu sehr auf die Nerven gehst."

Ich hatte mit angesehen, wie Connie Vanessa ohne einen Moment des Zögerns oder Bedauerns gepfählt hat. Trotzdem würde ich gerne glauben, dass es ihr nicht so leichtfallen würde, jemanden zu töten, den sie kannte und mit dem sie gearbeitet hatte.

„Hasst du mich so sehr?", fragte ich unverblümt.

„Wie oft sind wir das schon durchgegangen?", knurrte sie und deutete mit Nachdruck auf sich selbst. „Verflucht. Schon vergessen?"

Ich lehnte mich mit einem schweren Seufzer gegen die Wand. „Du bist die einzige Person, bei der ich ich selbst sein kann. Es wäre schön, dich näher kennenzulernen."

„Fluffikins ..."

„Ist ein Kater", unterbrach ich sie mit finsterem Blick. „Und zudem unser Chef."

„Wenn du denkst, dass dieses gemeinsame Geheimnis uns plötzlich zu besten Freundinnen macht, liegst du falsch."

„Ich weiß alles über den Vampirfluch, aber eben auch, dass ich ihn überwinden kann."

Connies Blick bohre sich in meinen, und sie öffnete den Mund, sagte jedoch nichts. Dann allerdings schüttelte sie den Kopf und kicherte. „Nein. Das glaube ich erst, wenn ich es sehe."

„Dann komm her und lass es mich dir zeigen."

Sie trat aus dem Schatten und in Richtung des gut beleuchteten Treppenhauses.

Ich folgte ihr. „Bist du dir sicher?", fragte ich

und verbog meine Finger in Vorbereitung auf das, was gleich passieren würde.

Sie dachte so lange darüber nach, dass ich mich schon fragte, ob ich sie verloren hätte. Schließlich legte sie den Kopf schief und betrachtete mich nachdenklich aus kalten, schwarzen Augen. „Ich will kein Normalo mehr sein, aber es wäre schön, wieder etwas zu fühlen, lieben zu können."

„Erinnerst du dich noch, wie das war? An irgendetwas von diesen Dingen?" Ich hatte schon während der kurzen Zeit, in der ich den Fluch trug, angefangen zu vergessen und konnte mir kaum vorstellen, wie es für Connie sein musste, diese Last so viele endlose Jahre zu tragen, ohne Aussicht auf Begnadigung.

„Es ist schon so lange her." Sie schloss die Augen und nahm einen tiefen Atemzug, von dem wir beide wussten, dass sie ihn nicht brauchte.

Ich zuckte mit den Schultern. „Du musst es mir nicht sagen, wenn du nicht willst."

„Ja, aber du wirst weiter fragen. Diesen Ärger kann ich mir genauso gut ersparen."

Ich wartete schweigend, bis sie wieder sprach.

Als sie das tat, klang ihre Stimme irgendwie seltsam. „Als ich sterblich war, verliebte ich mich in einen Engel namens Symont. Übernatürliche mussten sich in jenen Tagen nicht verstecken. Die Terraner regierten und sorgten dafür, dass alle Spezies in Harmonie miteinander lebten. Symont und ich hatten viele glückliche, gemeinsame Jahre. Leider alterte ich normal, während er kaum älter wurde. Ich bekam Krähenfüße und Lachfalten, aber er blieb das perfekte Abbild der Jugend. Vierzig mag heutzutage nicht alt erscheinen, aber vor vielen Jahrhunderten war es ein ziemlich fort-geschrittenes Alter. Mein Liebster konnte es nicht ertragen, mich zu verlieren, also suchte er nach einem Weg, mir Unsterblichkeit zu verleihen, damit wir auf ewig zusammen sein konnten.“

„Er hat dich also in einen Vampir verwandelt“, murmelte ich.

Sie richtete sich zu ihrer vollen Größe auf, einige Zentimeter größer als ich. „Ich habe mich aus freien Stücken dazu entschieden. Es gibt keine Möglichkeit, einen Sterblichen in einen Engel zu verwandeln, also habe ich dem zugestimmt, weil es die einzig machbare Lösung war. Doch als ich verwandelt war, hasste Symont das Monster, zu dem ich geworden war. Vampire und Engel sind natürliche Feinde, und was wir waren, erwies sich als stärker als das, was wir in unseren Herzen trugen."

„Er hat dich verlassen." Auch wenn ich wusste, dass Connie den Stachel dieses Schmerzes von vor langer Zeit nicht mehr spüren konnte, fühlte ich mit ihr.

Sie fixierte ihren Blick auf einen Punkt in der hinteren Ecke des Raumes. „Ja. Er hatte keine Wahl. Wir dachten, unsere Liebe könnte den Fluch überwinden, aber wir waren Narren."

„Vermisst du ihn? Hoffst du, ihn irgendwann wiederzusehen?"

Sie zuckte mit den Schultern und schüttelte den Kopf. „Ich kann mich nicht erinnern. Ich weiß noch, was geschehen ist, aber ich bin völlig davon losgelöst. Als wäre es jemand anderem passiert und nicht mir. Was die Hoffnung angeht ..." Sie seufzte. „Wie konnte ich jemals glauben, dass jemand den Fluch aufheben würde, wenn es nicht mal uns gelungen ist?"

„Fluffikins sagte mir, ich sei der mächtigste Mensch auf Erden. Und als die Weltmagie in mich eindrang, kam alles zu mir zurück. Vielleicht kann ich dir helfen, deine Liebe und deine Gefühle zurückzubekommen. Lässt du es mich versuchen?", fragte ich, hob meine Hände und demonstrierte ihr das rosafarbene Glühen, das in mir aufstieg.

Connie nickte bedächtig. „Ich kann mich nicht mehr daran erinnern, wie es sich angefühlt hat zu lieben, aber logischerweise weiß ich, dass es erstaunlich gewesen sein muss, wenn ich mich freiwillig in dieses … dieses Ding verwandeln ließ. Nur für die Chance, diese Liebe zu erhalten." Sie streckte ihre Hände vor und ergriff meine Finger.

Ich wusste immer noch nicht genau, wie meine Magie funktionierte, aber das war etwas, das ich selbst lernen musste. Niemand sonst konnte mir genau sagen, was ich tun musste. Der einzige Weg, um herauszufinden, ob ich Connies Fluch überhaupt aufheben konnte, war, es auszuprobieren.

Ich atmete mehrmals tief durch, schloss die Augen und ließ die Magie durch meine Finger sie hineinströmen.

Sie drückte meine Hände fest zusammen, wich aber nicht zurück.

Ich machte weiter, durchtränkte meinen Zauber mit Liebe, Mitgefühl und Menschlichkeit – auch wenn keiner von uns beiden wirklich menschlich war. Und offenbar war ich es selbst ebenfalls nie gewesen.

Connie holte scharf Luft. „Ich fühle …", sagte

sie, aber dann brachen ihre Worte ab, während sie zittrig einatmete.

Ich blieb ruhig, hielt die Verbindung zwischen uns offen, schob aber nichts mehr hinterher.

Als nichts mehr von ihr kam, öffnete ich meine Augen und sah gerade noch rechtzeitig, wie sie leblos zu Boden sank.

27

ch ließ mich auf die Knie fallen und legte meinen Kopf auf Connies Brust. Kein Herzschlag, aber sie hatte ja auch vorher keinen gehabt.

„Connie!", rief ich und schüttelte sie an den Schultern. Ich hatte zu viel Angst, noch mehr von meiner Magie einzusetzen, bis ich wusste, was hier schiefgelaufen war.

Als sie sich nach wie vor nicht rührte, ließ ich die Weltmagie wie einen mächtigen Blitz aus meinen Fingerspitzen hervorschießen und in der Luft manifestieren.

„Finde Fluffikins", flehte ich. „Bring ihn her."

Der funkelnde rosa Strudel verschmolz zu einer

langen Ranke und schlängelte sich durch die Decke.

Ich setzte meine Bemühungen, Connie wiederzubeleben, fort, aber nichts, was ich versuchte, zeigte irgendeine Wirkung. *Nein, nein, nein!*

Ich war kein Killer, und doch waren mir in weniger als fünfzehn Minuten fünf Vampire tot vor die Füße gefallen.

„Was hast du getan?", brüllte Fluffikins und sauste die Stufen hinunter, nachdem er darauf geachtet hatte, die Falltür hinter sich zu versiegeln.

Die Magie kehrte zurück und prallte von hinten gewaltsam gegen mich. Der Schock raubte mir fast den Atem. Die Plötzlichkeit tat weh. Mein Körper hatte noch keine Zeit gehabt, sich an die intensive Veränderung anzupassen, und ich war definitiv noch nicht in der Lage, meine terranische Zauberkraft zu kontrollieren. Man brauchte nur zu sehen, was ich Connie angetan hatte!

Gleichzeitig konnte ich erkennen, dass sich die Magie schon lange nach meiner Berührung gesehnt hatte. Vielleicht Jahrhunderte. Fluffikins hatte erklärt, dass sie so alt war wie die Erde selbst. Sie gehörte nicht zu mir, und ich gehörte nicht zu ihr, aber wir gehörten zusammen.

Symbiotisch gesehen.

Mein Moment des Schmerzes war nichts im Vergleich zu den langen Jahren, die sie ohne mich oder andere wie mich hatte ausharren müssen. Wir würden eine Lösung für diese Sache finden.

Aber zuerst mussten wir Connie retten.

„Ich habe versucht, sie von ihrem Fluch zu befreien, so wie ich es bei mir selbst getan habe", erklärte ich der verzweifelten Katze an meiner Seite.

„Du hast sie mit der Weltmagie vollgepumpt?", fragte er entgeistert.

„Nein, ich habe sie ihr ganz langsam eingeflößt. Ich war vorsichtig. Ich ..."

„Du hast mir nicht zugehört! Du hast rein gar nichts verstanden von dem, was ich dir gesagt habe!", brüllte er mir ins Gesicht. „Es war zu viel. Ihr Herz konnte das alles nicht verkraften. Du hast sie umgebracht."

„Nein!", rief ich. „Das ist nicht möglich! Sie ist ein Vampir. Sie sollte nicht ..."

Fluffikins wirbelte herum und kratzte am Boden, schickte eine magische Welle nach der anderen in Connies Körper. Nichts geschah.

„Das wollte ich nicht", stotterte ich, während mir Tränen über die Wangen liefen.

„Du musst lernen, deine Kräfte zu kontrollieren, bevor du sie wieder benutzt", zischte er. Dann wandte er sich an die Magie.

„Das ist genug für heute. Kehr zu mir zurück", befahl er.

Wieder tat sich nichts.

„Zu mir zurück!", schrie er, und die Speichelfetzen flogen nur so aus seinem Maul.

Meine Haut blitzte rosa auf und nahm dann wieder ihren normalen Pfirsichton an.

„Du weigerst dich?", zischte er wütend.

„Ich doch nicht", sagte ich und versuchte, die Magie zu beschwören und zu verbannen.

Erneut glühte ich rosa auf, aber die Magie blieb, wo sie war.

Offensichtlich war sie empfindungsfähig. Sie besaß ihren eigenen Verstand, und jetzt hatte sie sich in meinem Körper eingenistet.

Als mir das klar wurde, hob sich meine Hand aus eigenem Antrieb und legte sie auf Connies Brust. Ich sah, wie meine Finger aufleuchteten, als sie tief in das Innerste des verstorbenen Vampirs eindrangen. Ich bekam etwas zu fassen, das sich kalt und matschig anfühlte ... ihr Herz.

Als meine Hand das leblose Organ umklammerte, entfuhr mir ein Schrei.

„Was machst du da?", fragte Fluffikins entsetzt.

„Das bin ich nicht", sagte ich und begann zu hyperventilieren, so groß war meine Angst.

„Dann hör auf damit."

„Ich kann nicht", schluchzte ich, während ich versuchte, mich aus ihrer Brust zurückzuziehen – und scheiterte.

Aber dann begann ihr Herz in meiner Hand zu schlagen. Erst schwach und langsam, dann jedoch schneller, stärker.

Der Zauber ließ mich los, und ich zog meine Hand zurück, keuchend und weinend, als Connie die Augen öffnete und sich aufsetzte.

„Was ist passiert?", krächzte sie und rieb sich den Oberkörper. „Wo bin ich?"

„Nein, das ist doch nicht möglich." Fluffikins stolperte rückwärts, bis er gegen die Wand stieß. In seinen großen Augen leuchtete etwas, was ich zu gleichen Teilen für Bestürzung und Respekt hielt. Irgendwie wusste ich jetzt, was andere fühlten. Zumindest manchmal.

„Bist du okay?", fragte ich Connie atemlos, als sich meine strapazierten Nerven wieder zu entspannen begannen.

„Ich fühle mich ...", begann sie und wiederholte dieselben Worte, die sie gesprochen hatte, kurz bevor sie zusammengebrochen und auf den Boden gestürzt war.

„Lebendig", sagte sie schließlich, und ihre Lider flatterten, während sie ihre Arme und Brust untersuchte. „Wie ist das möglich?"

Ich öffnete meinen Mund, um zu antworten, aber es gab keine Erklärung dafür.

Ächzend drehte Connie sich um, zog den Holzpflock aus dem Halfter an ihrem Knöchel und fuhr damit über das weiche Fleisch ihres Unterarmes.

„Ahhh!", schrie sie auf, als dickes, scharlachrotes Blut aus der Wunde strömte.

„Lebendig!", heulte Fluffikins. „Lebendig! Aber niemand kann die Toten auferwecken!"

„Das war Tawny", sagte die Vampirin mit ihrem typischen Grinsen, und dann schlang sie ihre Arme um mich und schluchzte in mein Haar.

Ich zögerte. „Bist du …?"

„Wieder ein Mensch, ja!" Sie küsste mich in so überschwänglicher Freude auf beide Wangen, dass ich sie kaum wiedererkannte.

„Das ist unmöglich", murmelte der Chefkater wieder.

„Der Fluch ist gebrochen?", fragte ich hoffnungsvoll, jedoch immer noch zögerlich.

Sie stand auf und lachte dann, als sie einen

Schritt zurückstolperte. „Ich bin ungeschickt. Und ich kann fühlen. Und habe Schmerzen. Und, und … Ich danke dir, Tawny. Vielen Dank, dass du mich aus diesem Leben befreit hast!"

„Das ist nicht gut", zischte Fluffikins, während er zur Treppe rannte.

Hatte ich etwas falsch gemacht? Der Boss-Kater schien das zu denken, aber wie konnte die Rettung eines Lebens jemals eine schlechte Sache sein?

Ich ließ zu, dass Connie mich erneut in ihre Arme schloss und vor Freude schluchzte, und redete mir ein, dass ich etwas Gutes getan hatte – auch wenn ich nicht unbedingt diejenige gewesen war, die es getan hatte.

28

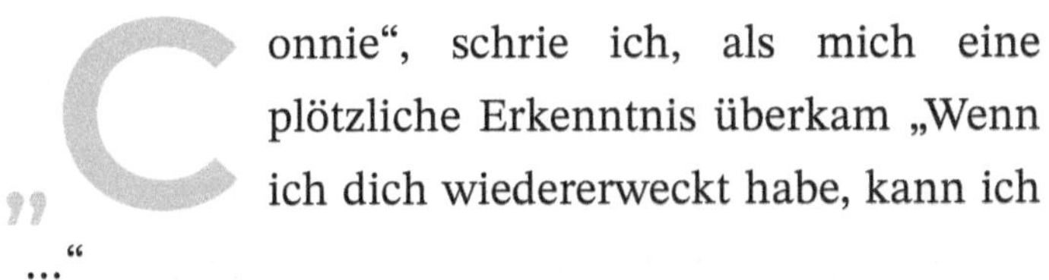

„Connie", schrie ich, als mich eine plötzliche Erkenntnis überkam „Wenn ich dich wiedererweckt habe, kann ich …"

Ich drehte mich zu den vier Gefangenen um, die noch immer zusammengesunken in der Gefängniszelle saßen, und Connie folgte meiner Blickrichtung.

„Die anderen ebenfalls erwecken, ja!", quiekte sie.

„Sie haben mir einige Dinge erzählt, bevor …" Ich brach ab, da ich die schreckliche Szene, die ich erlebt hatte, nicht näher beschreiben wollte.

„Dieser hier." Ich blieb vor dem zweiten Gefangenen auf der Bank stehen. „Er wollte mir mehr erzählen, aber der andere hielt ihn davon ab, und dann haben sie … du weißt schon."

„Könnest du sie davon abhalten, es wieder zu tun?"

„Ich weiß es nicht. Vielleicht, aber Fluffikins sagte doch…"

„Wen kümmert es, was Fluffikins gesagt hat. Uns bietet sich hier eine große Chance. Du musst sie ergreifen."

„Er will nicht, dass ich meine Magie wieder benutze, bevor ich sie besser kontrollieren kann."

„Was ist das Schlimmste, was passieren kann?"

„Nun, ich habe dich getötet."

Sie brach in ein breites, fangzahnbefreites Lachen aus. „Nur ein kleines bisschen. Jetzt bin ich zurück und fühle mich besser denn je."

„Ja, das bist du", sagte ich und stimmte dankbar in ihr Lachen ein. Wir waren tatsächlich Freunde geworden, Connie und ich, und – oh, wie sehr ich das gebraucht hatte.

„Sie sind bereits tot. Erwecke einen, stell deine Fragen. Sie sind alle gefesselt und eingesperrt. Da kann buchstäblich nichts schiefgehen. Du musst es tun."

Ich nickte und krümmte meine Finger, um die

Magie hervorzuholen. „Das wird jetzt eklig", warnte ich.

Connie verdrehte die Augen und prustete abschätzig. Wow, es würde einige Zeit dauern, bis ich mich an die neue Version ihrer Person gewöhnt hatte. „Ähm, ich habe mehr als ein Jahrhundert lang Menschenblut getrunken, bis das goldene Zeitalter kam und unsere Gewohnheiten sich änderten."

„Du bist kein Vampir mehr", erinnerte ich sie, und ein Lächeln umspielte meine Lippen.

„Oh, richtig!" Sie schlug sich mit der Handfläche gegen die Stirn und stieß einen Schmerzenslaut aus. „Wow, daran muss man sich erst mal gewöhnen."

Das hatte ich mir auch gerade gedacht. Nun, wenigstens waren wir jetzt auf derselben Seite. Wahrscheinlich hätte ich sogar losgelacht, wenn ich mich nicht vor dem gefürchtet hätte, was ich als Nächstes tun musste.

Ich sank vor meiner Versuchsperson auf die Knie, schloss die Augen und atmete dreimal langsam ein und aus, bevor ich meine Hand in seine Brust tauchte und nach seinem Herzen griff.

Als das Herz des Vampirs in meiner Faust zu schlagen begann, hielt ich ihn fest, um zu verhindern, dass er es wieder zerquetschen konnte. Ich war mir zwar einigermaßen sicher, dass er jetzt ebenfalls ein Mensch war wie Connie, wollte jedoch kein Risiko eingehen.

„Was ist hier los?", fragte der Gefangene und schlug langsam seine Augen auf. „Was hast du mit mir gemacht? Ich fühle mich merkwürdig."

„Das ist egal. Wir haben uns vorhin nett unterhalten, und du wolltest mir gerade von deinen Pläne über die Vereinigung der Welt unter einer bestimmten Macht erzählen."

„Nicht meine Pläne, sondern seine."

„Wer ist er, der mit den Plänen?"

„Ich weiß es nicht."

„Warum hilfst du ihm dann?"

„Damit wir nicht länger im Schatten leben müssen. Magicks werden offen herrschen dürfen."

„Was ist mit den Menschen?"

„Sie können sich aus freien Stücken unterwerfen oder werden gezwungen, das zu tun. Er wird gut zu denen sein, die seine Führung akzeptieren."

„Was ist mit denen, die das nicht tun?"

„Die werden natürlich beseitigt."

„Und du willst das?"

„Es geht nicht darum, was ich will, sondern um uns alle."

„Für mich ist es wichtig. Warum machst du das alles mit?"

„Ich bin es leid, dass man mir ständig das Gefühl gibt, ich sollte nicht existieren . Dass meine bloße Existenz eine Sünde ist."

„Aber ist es nicht genau das, was ihr mit Menschen ohne Magie vorhabt?"

„Nein, sie werden aus ihrem Elend befreit. Ich hingegen bin ich in meinem gefangen."

Ich ließ los und zog meine Hand von seiner Brust. „Danke."

„Was wird jetzt mit mir geschehen?"

Connie legte mir eine Hand auf die Schulter. „Tawny, geh. Lass mich das hier zu Ende bringen."

„Aber ..." Ich wollte diskutieren, das Leben dieses Vampirs verteidigen, besonders jetzt, wo er möglicherweise wieder sterblich war.

„Er hat seine Entscheidung bereits getroffen", erinnerte sie mich. „Ich mache ihn nur wieder zu dem, der er war und verspreche, das behutsam zu tun."

Ich schüttelte den Kopf, weil ich weder für das eine noch das andere verantwortlich sein wollte.

Die Magie entschied für mich und trug mich die Stufen hinauf, noch bevor ich überlegen konnte, welche Lösung mir angenehmer wäre.

29

Melony wartete in der Lagerhalle auf mich. „Komm schon", sagte sie, als ich aus dem versteckten Verlies auftauchte. „Alle versammeln sich im Besprechungssaal. Der Boss hat mir aufgetragen, dich zu holen, also betrachte dich als erwischt."

Ich nickte und folgte ihr durch das Bürogebäude und in den gläsernen Konferenzraum, in dem sich der Vorstand zusammenfand, um seine wichtigsten Angelegenheiten zu besprechen. Sobald ich eintrat, löste sich die Weltmagie in mir und stieg in einem dichten Nebel zur Decke auf.

„Aha, wirst du dich jetzt endlich benehmen", stöhnte Fluffikins.

„Tut mir leid", murmelte ich und schnappte mir schnell einen Stuhl.

„Ich habe nicht mit dir geredet", schnauzte der Kater, was ich als mein Stichwort nahm, mich still hinzusetzen und auf die Neuigkeiten zu warten, die der Rat zu berichten hatte.

Connie war die letzte, die sich keine fünf Minuten später zu uns gesellte. Als sie neben mir Platz nahm, marschierte Fluffikins wieder mit dem ihm eigenen Stechschritt auf dem Tisch auf und ab.

„Der rivalisierende Hexenzirkel wurde ausgeschaltet", verriet er, obwohl ich annahm, dass das inzwischen jeder wusste. „Buckley konnte das Gift identifizieren, das sie im Bollyweird dem Essen beigemischt haben."

„Was war es?" fragte Melony und zog damit einen bösen Blick des Katers auf sich.

„*Ein Verstärker*", antwortete Buckley, nachdem er sich erhoben hatte, um sich unbeholfen vor den Rest von uns zu stellen. „Es ist ein magischer Verstärker."

„Warum sollten sie einen Haufen Normalos damit füttern?", fragte Parker sich laut.

Das hatte ich mir im Stillen auch überlegt und die Antwort darauf schnell gefunden.

Connie drückte unter dem Tisch meine Hand. Sie und ich wussten, was der Hexenzirkel im Schilde führte. Sie hatten versucht, andere Terraner aus ihrem Versteck zu locken.

„Das können wir nicht mit Sicherheit sagen", log Fluffikins die anderen an, ohne auch nur einen Blick in meine Richtung zu werfen. „Die gute Nachricht ist, dass es ihnen nicht schaden wird und nicht rückgängig gemacht werden muss."

„Trotzdem sollten wir nachhaken", sagte der Engel Greta und schenkte mir ein matronenhaftes Lächeln.

„Ich stimme zu", sagte Mr Fluffikins mit einem kurzen Nicken. „Deshalb werde ich Tawny von Tür zu Tür schicken, um alle zu befragen, die im Bolly-weird gegessen haben, bevor wir es dichtgemacht haben."

„Bist du sicher, dass die Normalo die richtige Wahl für diesen Auftrag ist? Ich könnte das schneller und besser erledigen", argumentierte Melony, verschränkte die Arme vor der Brust und ließ sich in ihrem Stuhl zurücksinken.

„Ja", sagte der Kater. „Tawny ist die richtige Wahl, besonders in Anbetracht meiner nächsten Ankündigung."

Alle Augen richteten sich auf mich.

Connie hielt meine Hand fest und beugte sich vor, um mir ins Ohr zu flüstern. „Sie dürfen nicht wissen, dass ich mich verändert habe. Hüte mein Geheimnis, wenn du deins bewahren willst."

Fluffikins schritt heran und ließ sich vor mir auf den Tisch plumpsen. „Während dieser Mission haben wir etwas ganz Großartiges herausgefunden."

„Oh?" Greta schenkte mir ein strahlendes, ermutigendes Lächeln. Es schien so lange her zu sein, dass sie mir ihre Engelsrüstung anbot und mir schließlich das Leben rettete. Ich hoffte, sie wäre stolz auf das, was aus mir geworden war, auch wenn ich den strikten Befehl hatte, weder ihr noch sonst jemandem jemals die Wahrheit zu verraten.

„Nur zu, Tawny", drängte Parker und blickte mit einem ebenso gigantischen Grinsen in meine Richtung. „Sag ihnen, was du mir gesagt hast."

Oh, richtig.

„Ich bin keine Normalo. Ich bin eine Hexe. Überraschung!"

Ein Raunen erhob sich unter denen, die die Nachricht noch nicht gehört hatten – weder die Fake-News oder die tatsächliche Entdeckung, die Fluffikins über mich gemacht hatte.

„Du hast mir zuerst versprochen, dass ich die Kontaktperson der Polizei werde!", protestierte Melony.

„Entspann dich, Haberdash", knurrte der Kater, und das Fell auf seinem Rücken sträubte sich. „Dein Job ist dir sicher, auch wenn Tawny keine Aushilfe mehr sein wird."

„Ist ihre Tätigkeit bei der APZ damit erledigt?" fragte Greta und legte die Stirn in Falten. Sie hatte sich vom ersten Tag an für mich eingesetzt, und im Gegensatz zu Parker hatte sie nie daran gezweifelt, dass ich es in dieser seltsamen neuen Welt der Magie schaffen könnte.

„Nein, aber meine wird es bald sein", verkündete die Katze feierlich.

Noch mehr Raunen und Keuchen.

„Wie ihr alle wisst, befinde ich mich in meinem fünften Leben. Ich würde mich gerne irgendwann in meinem sechsten Leben zurückziehen und in meinem siebten den ganzen Luxus genießen, der einer Katze meines Formats zusteht. Von daher werde ich Tawny als meine Nachfolgerin ausbilden."

„Eine Dilettantin!" R verzog das Gesicht und wickelte seinen langen Bart nachdenklich um seine Hand. „Das ist eine ziemlich große Beförderung."

„Ja, das ist es", sagte Fluffikins und hielt seine Augen auf meine gerichtet. „Aber ich habe volles Vertrauen, dass Tawny mit allem fertig wird, was als Nächstes auf uns zukommt."

30

Da habt ihr es also …

Innerhalb von nicht einmal vierundzwanzig Stunden habe ich herausgefunden, dass ich das letzte bekannte Mitglied der mächtigsten Spezies bin, die jemals existiert hat.

Ich absorbierte eine starke Magie und musste feststellen, dass sie mich genauso kontrollieren kann wie ich sie.

Ich hatte Tote zum Leben erweckt, und das nicht nur einmal, sondern zweimal.

Es stellte sich heraus, dass der nervige Katzenboss die ganze Zeit über mein größter Fürsprecher gewesen war.

Eine störrische Vampirin wurde meine beste Freundin.

Ich bekam eine fingierte Beförderung.

Und ich wurde angewiesen, meine wahre Identität vor allen geheim zu halten, auch vor Parker.

Inzwischen sind wir natürlich auch offiziell ein Paar.

Und dann ist da noch der magische Möchtegerndiktator, der plant, die Menschheit entweder zu versklaven oder zu vernichten ... oder beides.

Und, oh, ja. Ich bin die Einzige, die auch nur den Hauch einer Chance hat, das zu verhindern ...

Als das alles begann, war ich nur eine Teilzeit-Romanautorin gewesen, die zur paranormalen Aushilfe berufen wurde.

Und jetzt bin ich die einzige Person, die entweder die Welt retten oder sie auslöschen kann.

Klingt doch nach einem Kinderspiel, was?

MEHR BÜCHER ZUM LESEN

Wenn Ihnen Mr Fluffikinss Katzenart gefallen hat, sollten Sie unbedingt auch den folgenden kleinen Mann kennenlernen: Merlin, den magischen Flausch! Er glaubt nicht nur, dass er das Sagen hat … als Hexe mit einem menschlichen Gefährten an seiner Seite ist dem auch so! Nachstehend ein kleiner Vorgeschmack auf das Buch …

Mein Name ist Gracie Springs, und ich habe keine magischen Kräfte … aber mein Kater allem Anschein nach schon! Ich hatte da zunächst so ein Gefühl, als ich sah, wie er einem Rotkehlchen in unserem Garten hinterherjagte und ungewöhnlich hoch in die Luft sprang. Als er dann auch noch mit mir sprach, gab es keinen Zweifel mehr!

Zu allererst hat er sich über den Namen beschwert, den ich ihm gegeben habe – dabei passt „Flauschi" einfach perfekt zu ihm und seinem Wuschelfell! Mittlerweile haben wir uns auf „Merlin, der magische Flausch" geeinigt. Seiner Ansicht nach spiegelt das zumindest seine ehrbare Abstammung ausreichend wider.

Anschließend hat er mir eröffnet, dass ich als seine Vertraute über seine geheimen Kräfte Stillschweigen bewahren muss, andernfalls würde ich für den Rest meines Lebens ins magische Kittchen wandern. Hätte ich gewusst, dass ich ständig seine Spuren verwischen und mich aus ziemlich brenzligen Situationen herausflunkern muss, hätte ich nicht so leichtfertig eingewilligt.

Als schließlich auch noch mein Chef, der Besitzer des örtlichen Cafés, mausetot umfällt, wenden sich die Dinge von kompliziert zu unmöglich ... insbesondere, weil ich in aller Augen scheinbar die Tatverdächtige bin.

Hoffentlich hat mein magischer Kater noch einige Zaubertricks auf Lager, um uns aus dieser Situation zu retten, sonst stecke ich wirklich in der Klemme!

Hole dir noch heute dein persönliches Exemplar und fange direkt an zu lesen.

Viel Spaß!

KURZE VORSCHAU
MERLIN FINDET EINE VERTRAUTE

Mein Name ist Gracie Springs und ich bin eine ganz gewöhnliche, junge Frau. Während ich für meinen Masterabschluss in Soziologie studiere, arbeite ich nebenher als Barista. Mit den Kursen bin ich so weit durch, allerdings fehlt mir noch die zündende Idee für ein gutes Thema, über das ich meine Masterarbeit schreiben möchte. Aber genau das brauche ich für meinen Abschluss.

Ups.

Ich wohne in Elderberry Heights, einer kleinen Stadt in Süd-Georgia, in der sonst nur Rentner ab siebzig aufwärts leben. Das Haus, in dem ich wohne, gehörte eigentlich meiner Großmutter Grace, die sich für ihren Lebensabend in ein spritziges Seniorenheim nach Florida zurückgezogen hat.

Also hat sie mir das Haus, in dem sie meinen Vater und meine Onkel großgezogen hat, als frühes Erbe vermacht, weil ich ja schon immer ihre Lieblingsenkelin gewesen sei – und nicht nur, weil wir den gleichen Namen haben.

Sie hat mir zudem ihre gesamte Einrichtung dagelassen, unter anderem mindestens drei Dutzend gehäkelte Zierdeckchen, braungeblümte Sofas und goldbraune Beistelltische aus Eiche. Ich bringe es einfach nicht übers Herz, irgendetwas zu verändern ... das kann ich mir auch gar nicht leisten.

Außerdem hat Oma Grace mir diesen zerzausten Kater hinterlassen, der wenige Tage vor ihrem Umzug und meinem Einzug einfach bei ihr aufgetaucht ist. Laut dem Tierarzt ist er eine Maine Coon. Meiner Meinung nach ist er viel größer als normale Katzen, mit den Massen an gestreiftem Fell, das ihn wie einen buchstäblichen Flauschball aussehen lässt.

Deswegen habe ich ihn auch Flauschi getauft.

Unfreiwillige Katzenbesitzerin zu werden, habe ich gern in Kauf genommen gegen ein kostenloses Dach über dem Kopf, und mittlerweile ist mir Flauschi auch ein wenig ans Herz gewachsen. Er ist jedoch nicht sonderlich verschmust. Jedes Mal, wenn ich ihn hochheben wollte, hat er die Krallen ausgefahren. Zweimal ist es ihm sogar gelungen, mich ordentlich blutig zu kratzen.

Also lasse ich ihn, wo er ist. Manchmal, wenn ich ganz still dasitze und so tue, als sei ich abgelenkt, legt er sich auf meinen Schoß. Einmal hat er sogar geschnurrt.

Flauschi ist ziemlich verfressen und bedient sich beim Abendessen oft an meinem Teller. Außerdem scheint es ihm einen Heidenspaß zu machen, mitten in der Nacht wie ein Wahnsinniger durch die Gänge zu rasen.

Eigentlich hatte ich nicht vorgehabt, ihn aus dem Haus zu lassen, aber er ist ein schlaues Kerlchen und findet immer einen Weg. Schließlich habe ich klein beigegeben und eine Katzenklappe angebracht, um mich nicht mehr länger damit herumschlagen zu müssen.

Und das bringt mich zu diesem Morgen …

Ich war spät dran, weil ich mich mit einem viel zu komplizierten Make-up-Tutorial auf YouTube abgeplagt habe. Letztendlich habe ich mir das Desaster wieder komplett vom Gesicht geschrubbt und mich für die vertraute Kombination aus

Smokey Eye und dezentem Lippenstift entschieden. Es war definitiv keine gute Idee, etwas Neues kurz vor der Arbeit auszuprobieren.

Vor allem, weil mein fieser Chef nur nach einer Gelegenheit suchte, mir das Gehalt zu kürzen. Es wurmt ihn immer noch, dass vor Kurzem eine beliebte Cafékette ein paar Straßen weiter aufgemacht und ihm den Profit abgeluchst hat. Aber weil er ungeheuer stur ist und sich die Niederlage nicht eingestehen will, hat er sein ganzes Team behalten, teilt uns jedoch nur noch zu kurzen Schichten ein und versucht, an allen Ecken und Enden zu sparen.

Ein echt toller Kerl!

Da ich Flauschi seit dem Frühstück nicht mehr zu Gesicht bekommen hatte, wollte ich vor meiner Schicht noch einmal nach ihm sehen.

„Flauschi! Flauschi! Hier, Katerchen!", rief ich und schnalzte mit der Zunge, aber er ließ sich nicht blicken. Das tut er nie. Es ist meine Aufgabe, ihn aufzuspüren.

Endlich entdeckte ich ihn im Garten, mit dem Hinterteil in die Höhe gestreckt, den Körper flach auf den Boden gedrückt, bereit zum Sprung. Ein paar Meter entfernt badete ein argloses Rotkehlchen in der steinernen Vogeltränke meiner Großmutter, worin sich noch ein paar letzte Tropfen befanden, die nicht in der Sommersonne verdampft waren.

Flauschis Hintern wackelte gebannt.

Dann sprang er los, aber das Rotkehlchen bemerkte ihn und flatterte davon.

Flauschi flatterte hinterher.

Es war nicht nur ein einfacher Katzensprung. Er wirkte wie ein samtpfotiger Basketball-Spieler, der den Ball im Korb versenken will. Höher und höher folgte er seinem gefiederten Opfer. Selbst nach zwei Metern schien er immer noch weiter Richtung Himmel zu gleiten.

Plötzlich drehte er den Kopf und bemerkte mich. Seine smaragdgrünen Augen hielten meinen Blick gefangen, und für einen Moment schien er reglos mitten im Sprung festzustecken.

Dann drehte er sich abrupt wieder um, durch-brach den eigenartigen Augenblick, landete auf dem Boden und lief davon. *Was zum Henker ist denn da gerade passiert?*

* * *

ch machte den Schlafmangel und meine wilde Fantasie für die Szene mit dem fliegenden Flauschball verantwortlich und düste mit dem Auto los in Richtung Harolds Kaffeehaus.

Obwohl ich sowohl die erlaubte Höchstgeschwindigkeit als auch ein paar Stoppschilder missachtete, kam ich drei Minuten zu spät zu meiner Schicht. Mein Chef, der gute Harold höchstpersönlich, wartete bereits hinter der Eingangstür auf mich.

Er tippte sich auf das Handgelenk, an dem er überhaupt keine Uhr trug, und keifte: „Wann kapierst du es endlich? Drei Minuten bedeuten drei Dollar, und weil das schon dein zweites Mal diese Woche ist, verdopple ich den Betrag!"

Schnaubend drängte ich mich an ihm vorbei, um mich einzustempeln.

„Gracie! Hörst du mir überhaupt zu?", fragte er und watschelte mir wie ein knatschiges Küken hinterher.

„Ja, Sie ziehen mir sechs Dollar dafür ab, dass ich drei Minuten zu spät bin, obwohl der Laden leer ist und Sie uns ohnehin nur den Mindestlohn zahlen. Und das auch nur, weil Sie gesetzlich dazu verpflichtet sind. Bald muss ich Sie bestimmt für das Vergnügen bezahlen, mir hier die Beine in den

Bauch zu stehen, während unsere Kunden um die Ecke bei Mermaid's Brew rumhängen. Stimmt das in etwa?"

Harold lief puterrot an. „Was für eine Frechheit!", schrie er. „Wenn es nicht so teuer wäre, jemand neues anzulernen, würdest du auf der Stelle hier rausfliegen. Hast du vielleicht ein Glück, dass ich ...“

Er stolperte einen Schritt zurück, schüttelte den Kopf, und setzte erneut an. „Hör gut zu, Gracie, du hast wirklich Glück, dass ...“

Erneut brach er ab, japste nach Luft und sank innerhalb von Sekunden zu Boden.

„Harold, Harold!", rief ich, ließ mich neben ihm auf die Knie fallen und versuchte festzustellen, ob er atmete.

Das tat er nicht.

Ich ergriff sein Handgelenk und fühlte nach seinem Puls.

Nichts.

Oh-oh.

Hole dir noch heute dein persönliches Exemplar und fange direkt an zu lesen.

ÜBER MOLLY FITZ

Obwohl USA-Today-Bestsellerautorin Molly Fitz genau genommen nicht mit Tieren sprechen kann, führen sie und ihre drei tierischen Co-Autoren oft tiefgründige und lebhafte Gespräche, während sie den alltäglichen Dingen des Lebens nachgehen.

Molly lebt mit ihrem Kind und ihrem eigenen Privatzoo irgendwo in der Wildnis von Alaska. Gelegentlich wagt sie sich hinaus, um ein exquisites Essen zu genießen, einen guten Kaffee zu trinken oder neue Tierfreunde zu treffen.

Erfahre mehr über Molly und ihre deutschen Veröffentlichungen, indem du dich gleich für ihren Newsletter anmeldest:

www.katzengeheimnisse.com

MISS DOLITTLES GEHEIMNIS

Angie Russo hat sich gerade mit dem ersten sprechenden Katzendetektiv von Blueberry Bay zusammengetan. Gemeinsam mit seiner bunt zusammengewürfelten Schar menschlicher und tierischer Helfer ist Octocat fest entschlossen, jede Situation zu retten – solange sie nicht mit seinem persönlichen Zeitplan kollidiert.

Viel Spaß mit Band 1 – **Kommissar Katerchen**

MERLINS MAGISCHE ABENTEUER

Gracie Springs ist keine Hexe … ihr Kater hingegen schon. Jetzt muss sie alles in ihrer Macht Stehende tun, um sein Geheimnis zu wahren, oder sie riskiert, den Rest ihres Lebens in einem magischen Gefängnis zu verbringen. Zu dumm, dass sie den Ärger geradezu magnetisch anzuziehen scheint!

Viel Spaß mit Band 1 – **Merlin findet eine Vertraute**

AGENTUR FÜR PARANORMALE ZEITARBEIT

Tawny Bigfords gewöhnlich zu nennendes Leben nimmt eine magische Wendung, als sie über die Leiche ihrer Vermieterin stolpert und von einer sprechenden schwarzen Katze rekrutiert wird, die

Rolle der Verstorbenen als offizielle Stadthexe von Beech Grove, Georgia, zu übernehmen.

Viel Spaß mit Band 1 – **Eine Hexe für alle Gelegenheiten**

DAS GEISTERHAFTE GÄSTEHAUS (MIT TRIXIE SILVERTALE)

Sydney Coleman hat alles erreicht – und doch steht sie irgendwann vor dem Nichts. Gerade, als sie ihr neues Bed and Breakfast eröffnen will, stellt sich ihr ein Geistertrio auf Schritt und Tritt in den Weg. Die Geister bestehen darauf, dass sie den Mord an ihrer Herrin aufklärt, aber Sydney braucht dringend Geld. Wenn nicht bald ein paar zahlende Gäste eintreffen, ist ihre Spukvilla dem Untergang geweiht.

Viel Spaß mit Band 1 – ***Mörderischer Mondschein***

VERBINDE DICH MIT MOLLY

Wenn du ebenfalls ein großer Fan von spannenden, schrägen Tierkrimis bist, sollten wir unbedingt Freunde werden.

Wie wäre es, wenn du direkt einmal meine Facebook-Seite besuchst, die ich speziell für meine treuen deutschen Leser eingerichtet habe? Hier der Link dazu:

Facebook.com/Katzengeheimnisse

Oder melde dich für meinen Newsletter an und sichere dir als Abonnent gratis ein digitales Geschenkpaket, einschließlich einer exklusiven Kurzgeschichte über Octocat:

Katzengeheimnisse.com/Abonnieren